種下幸福的味道

編輯序

當孩子不愛讀書……

慈濟傳播人文志業中心出版部

親師座談會上，一位媽媽感嘆說：「我的孩子其實很聰明，就是不愛讀書，不知道該怎麼辦才好？」另一位媽媽立刻附和，「就是呀！明明玩遊戲時生龍活虎，一叫他讀書就兩眼無神，迷迷糊糊。」

「孩子不愛讀書」，似乎成為許多為人父母者心裡的痛，尤其看到孩子的學業成績落入末段班時，父母更是心急如焚，亟盼速速求得「能讓孩子愛讀書」的錦囊。

當然，讀書不只是為了狹隘的學業成績；而是因為，小朋友若是喜歡閱讀，可以從書本中接觸到更廣闊及多姿多采的世界。

問題是：家長該如何讓小朋友喜歡閱讀呢？

專家告訴我們：孩子最早的學習場所是「家庭」。家庭成員的一言一行，尤其是父母的觀念、態度和作為，就是孩子學習的典範，深深影響孩子的習慣和人格。

因此，當父母抱怨孩子不愛讀書時，是否想過——

「我愛讀書、常讀書嗎？」

「我的家庭有良好的讀書氣氛嗎？」

「我常陪孩子讀書、為孩子講故事嗎？」

雖然讀書是孩子自己的事，但是，要培養孩子的閱讀習慣，並不是將書丟給孩子就行。書沒有界限，大人首先要做好榜樣，陪伴孩子讀書，營造良好的讀書氛圍；而且必須先從他最喜歡的書開始閱讀，才能激發孩子的讀書興趣。

根據研究，最受小朋友喜愛的書，就是「故事書」。而且，孩子需要聽過一千個故事後，才能學會自己看書；換句話說，孩子在上學後才開始閱讀便已嫌遲。

美國前總統柯林頓和夫人希拉蕊，每天在孩子睡覺前，一定會輪流摟著孩子，為孩子讀故事，享受親子一起讀書的樂趣。他們說，他們從小就聽父母說故事、讀故

事，那些故事不但有趣，而且很有意義；所以，他們從故事裡得到許多啟發。

希拉蕊更進而發起一項全國的運動，呼籲全美的小兒科醫生，在給兒童的處方中，建議父母「每天為孩子讀故事」。

為了孩子能夠健康、快樂成長，世界上許多國家領袖，也都熱中於「為孩子說故事」。

其實，自有人類語言產生後，就有「故事」流傳，述說著人類的經驗和歷史。

故事反映生活，提供無限的思考空間；對於生活經驗有限的小朋友而言，通過故事可以豐富他們的生活體驗。一則一則故事的累積就是生活智慧的累積，可以幫助孩子對生活經驗進行整理和反省。

透過他人及不同世界的故事，還可以幫助孩子瞭解自己、瞭解世界以及個人與世界之間的關係，更進一步去思索「我是誰」以及生命中各種事物的意義所在。

所以，有故事伴隨長大的孩子，想像力豐富，親子關係良好，比較懂得獨立思考，不易受外在環境的不良影響。

許許多多例證和科學研究，都肯定故事對於孩子的心智成長、語言發展和人際關係，具有既深且廣的正面影響。

為了讓現代的父母，在忙碌之餘，也能夠輕鬆與孩子們分享故事，我們特別編撰了「故事home」一系列有意義的小故事；其中有生活的真實故事，也有寓言故事；有感性，也有知性。預計每兩個月出版一本，希望孩子們能夠藉著聆聽父母的分享或自己閱讀，感受不同的生命經驗。

從現在開始，只要您堅持每天不管多忙，都要撥出十五分鐘，摟著孩子，為孩子讀一個故事，或是和孩子一起閱讀、一起討論，孩子就會不知不覺走入書的世界，探索書中的寶藏。

親愛的家長，孩子的成長不能等待；在孩子的生命成長歷程中，如果有某一階段，父母來不及參與，它將永遠留白，造成人生的些許遺憾——這決不是您所樂見的。

相信童話的力量

◎曾維惠

當年，在橘黃色的燈光下，我為女兒朗讀葛翠琳的《野葡萄》：「……她走過一個地方，又走過一個地方；最後，她回到了家鄉。家鄉親切的歡迎著她；只是，她那狠毒的嬸娘早已得病死去了。白鵝女便讓那磨房裡的瞎老頭兒看見了天上的星星，讓那盲藝人看見了路邊的綠草，讓小妹妹看見了白鵝……她還讓很多很多瞎眼的人看見了光明。」

女兒聽完故事，仰起小臉兒，那雙清澈的眼睛眨巴了幾下，然後問我：「媽媽，您看，我像白鵝女嗎？」我把女兒擁進懷裡，輕聲說：「寶貝兒，我們都會成為白鵝女的……」

而今，女兒已能與我並肩前行。每每提到《野葡萄》的故事，女兒總是撒嬌：「娘親，在我眼中，你就是最最美麗的白鵝女呵！」我也會捏捏女兒的鼻子說：「我是大白鵝，你是小白鵝……」

這，就是童話的力量。

前蘇聯知名教育家及兒童文學家蘇霍姆林斯基說：「童話，形象的講，就是能吹燃思想和言語火花的清新微風……多年的經驗證明，如果童年時代讀過關於善與惡、真理與謬誤、真誠與虛偽的作品，那麼，這些作品的道德觀念就會成為這個人的財富。童話與童年有著不解之緣。」我堅持在孩子們的心中種童話已二十餘年。我想，若是把童話種進孩子們的心田，讓一部分童話的種子，在孩子們的心間生根，發芽，綻放美麗的花朵，讓另一部分童話的種子化作一縷縷清風，吹走孩子們心靈中的塵

埃，把孩子的心兒洗得閃著亮光，那該是一件多麼美好的事情！

我相信童話的力量。

愛因斯坦說：「想像力比知識更重要；因為知識是有限的，而想像力概括世界的一切，並且是知識進化的源泉。嚴格的說，想像力是科學研究中的實在因素。」在培養孩子的想像力上，童話有著非常重要的地位。讀完《國王的新衣》，孩子們會帶著問題與想像續編這個故事：國王如何處置騙子？騙子還會繼續想辦法欺騙國王嗎？騙子如何成功的逃離皇宮……一系列的假設與猜想，每個孩子都會力求與別人想像得不一樣，每個孩子都會展開想像的翅膀，讓自己的智慧在想像的天空中翱翔。這，難道還不足以證明童話在為培養孩子的想像力貢獻力量嗎？

我相信童話的力量。

於是，我帶著無盡的愛與希望，堅持在孩子們的心田種童話。然而，我深知，我播下的這些童話種子，需要用時間去澆灌，需要用愛去滋潤，需要用耐心去呵護；這樣，童話的種子，才會發芽，展葉，開花……

讓我們一起來種童話吧！一起種下幸福的味道，一起收穫孩子們的幸福人生！

二〇一三年三月二十八日於北京魯迅文學院五一一

目錄

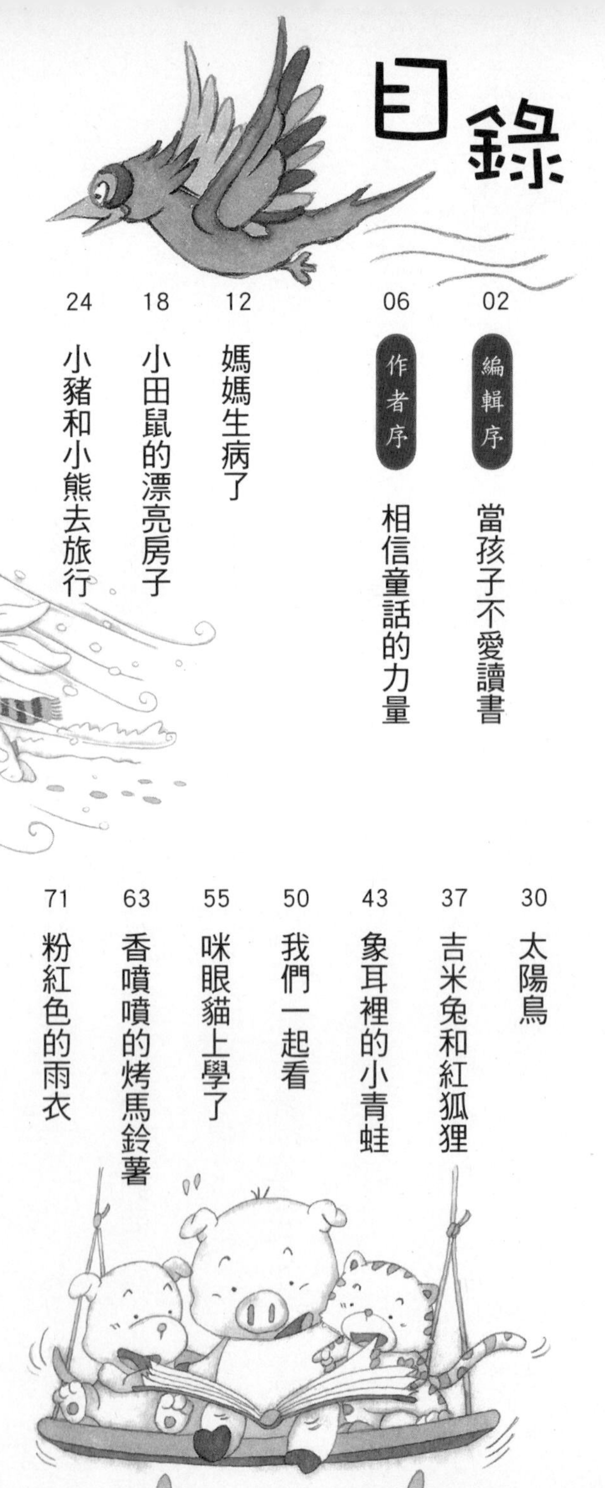

媽媽生病了

「媽媽、媽媽，下雪啦！」雪中的小白兔一邊揮舞著他那頂紅紅的帽子，一邊大聲叫喊著。

「寶貝，快進屋裡來，外面太冷了。」兔子媽媽說。

這是入冬以來最大的一場雪，樹林中所有的樹枝上一下子都掛滿了晶瑩的雪花。夜晚，雪精靈仍然沒有停止舞蹈，雪花簌簌的往下落，很快就為大地蓋上了一床厚厚的棉被。

「媽媽，我們出去玩雪球吧！」第二天，小白兔一大早就起床了。

沒聽到媽媽的回答。小白兔感到很奇怪，以前都是媽媽叫他起床，今天怎麼還睡在床上呢？小白兔搖了搖媽媽的身子：「媽媽，媽媽，該起床了！」

「哦……」兔子媽媽的聲音很微弱，「寶貝……媽媽……再躺……一會兒……」

小白兔摸了摸媽媽的頭，「哎喲！好燙呵！不好了，媽媽的身體燒起來了！」小白兔很慌張。

兔子媽媽的身體好虛弱，只能無力的呻吟著。小白兔著急的趴在窗戶上往外張望，希望有誰會從這裡經過，能救救媽媽；可是，這樣的大雪天氣，有誰會在外面走動呢？

「我去把猩猩醫生請來給媽媽治病。」小白兔對媽媽說。他穿上外套跟雨衣，輕輕打開門，向雪地裡奔去。呼呼的北風夾著大片雪花，呼嘯著朝小白兔撲來，小白兔的腿很快就凍僵了。

「哈哈哈！可憐的小兔子，你還是趕緊回到你的小木屋裡去吧！」狂風怒吼著，向小白兔張牙舞爪。

「嘿嘿嘿，可憐的小兔子，你趕緊回去取暖吧！如果不聽我的話，我一定能把你凍成冰棍！」飛舞的雪花對小白兔耀武揚威。

小白兔掙扎著站好，不讓自己摔倒：「我不能回去，我一定要找到猩猩醫生救媽媽。」小白兔說完，又邁開腳步，朝猩猩醫生家的方向走去。一……二、一……二、一……二……小白兔走呀走，總算來到了猩猩醫生家門口。

「篤、篤、篤——」正在溫暖的屋子裡吃著烤番薯的猩猩醫生，聽到了敲門聲；他打開門一看，門外是凍僵了的小白兔。「孩子，快進屋。」猩猩醫生把小白

兔扶進屋，趕緊先倒杯熱茶給他暖暖身，然後問他：「什麼事這麼急啊？天氣這樣冷，你還跑這樣遠的路，實在太危險了！」

「請您……快去……救救……我的……媽媽……」小白兔被凍得說不出話來。

知道了事情經過，猩猩醫生馬上拿出大衣穿上，然後背著藥箱，把小白兔抱在懷裡，朝小白兔家走去。

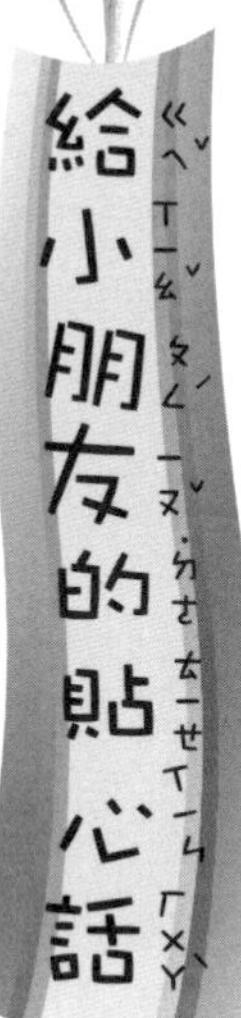

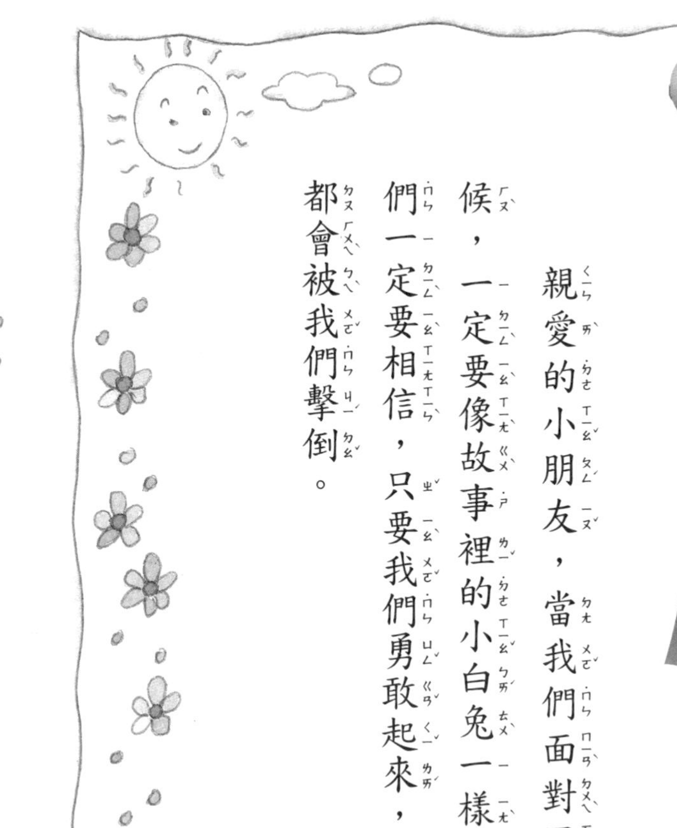

親愛的小朋友，當我們面對困難的時候，一定要像故事裡的小白兔一樣勇敢；我們一定要相信，只要我們勇敢起來，一切困難都會被我們擊倒。

小田鼠的漂亮房子

森林裡的小動物們聽說小田鼠砌了一間漂亮的房子；但是，誰也沒有看見過房子裡面的世界。

每天清晨，小田鼠都要整理房間：拖地板，擦窗戶，收拾餐桌……然後，他看著整潔的房間，微笑著對自己說：「我的房間，真漂亮！」

「篤篤篤——」小田鼠聽到了敲門聲，從門上的貓眼往外看——原來是小松鼠。「松鼠大哥，有什麼事呢？」小田鼠隔著門問。

小松鼠說：「田鼠小弟，我想看看你的漂亮房間呢！」但是，小田鼠沒有把房門打開。小松鼠有些難過的離開了。

傍晚時分，小田鼠採回一束野花，插進窗臺上的花瓶裡。星星點點的小花兒，盛開在枝葉中間，像一顆顆閃亮的星星，在微笑、在嬉戲。

「篤篤篤——」小田鼠聽到了敲門聲，從貓眼裡往外看——原來是小喜鵲！「小喜鵲，有什麼事嗎？」小田鼠隔著窗戶問。

小喜鵲說：「田鼠大哥，我看到你把花兒帶回家了，我能進來聞聞花香嗎？」但是，小田鼠沒有把窗戶打開。小喜鵲在小田鼠窗外的枝頭站了很久，才難過的離開了。

後來，有許多小夥伴都來敲過小田鼠的門、敲過小田鼠的窗；可是，小田鼠都沒有打開門和窗，把小夥伴們迎進屋裡。心靈手巧的小田鼠，雖然把自己的小房間打理得整潔又漂亮；可是，望著這樣美麗的房間，小田鼠總覺得缺少了什麼。

過了幾天，大家都沒見過小田鼠出來。「怎麼好幾天沒看見田鼠小弟呢？」小松鼠覺得奇怪。

「是啊，不知道田鼠大哥怎麼樣了？」小喜鵲說。

小夥伴們一起來到小田鼠的家門前。「篤、篤、篤——」小松鼠敲了敲門，「田鼠小弟！你在家嗎？」

「請……進……來……」從屋內傳來微弱的聲音。

「嘎吱——」大夥兒推開了房門，第一次進入小田鼠的新家；一進門，就看見小松鼠躺在床上。

「哎呀！原來你生病了！」小松鼠邊說邊開窗。

小刺蝟把刺上插著的美味薯片給了小田鼠；小喜鵲帶來一束

新採的野花，換掉了小田鼠窗臺上那些已經乾枯的花兒；小兔子打開了他那美麗的蘑菇籃，香噴噴的花生叫人口水直流呢！

有這麼多朋友來探望小田鼠，又有新鮮的空氣和明媚的陽光從門和窗戶湧進屋裡，給小田鼠的房間帶來了溫暖的新氣息。

「我終於知道這間新房子缺少了什麼！」小田鼠笑得很開心，「我欠缺的友誼和關懷，現在都有了。」這會兒，他感覺自己的房間好漂亮、好溫暖。

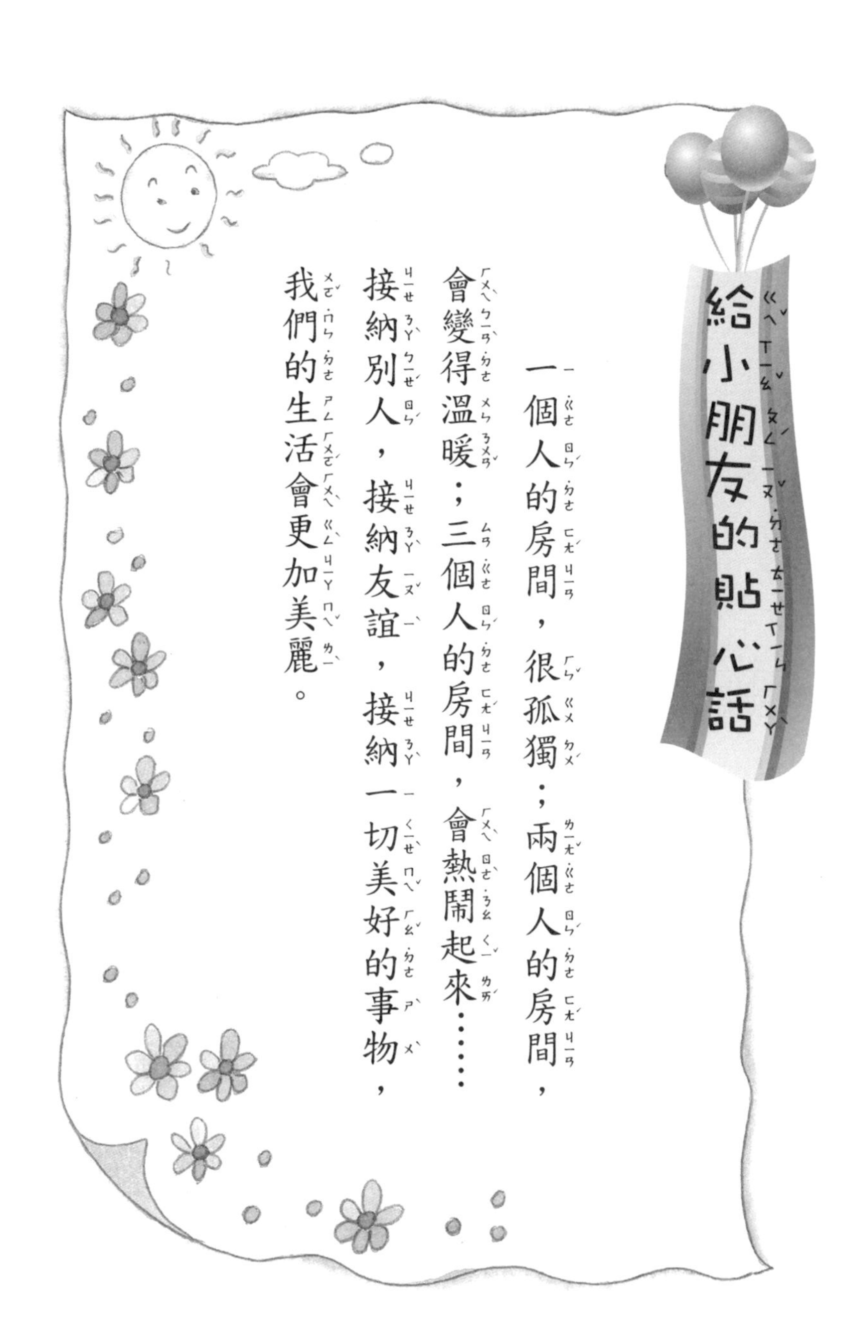

給小朋友的貼心話

一個人的房間，很孤獨；兩個人的房間，會變得溫暖；三個人的房間，會熱鬧起來……接納別人，接納友誼，接納一切美好的事物，我們的生活會更加美麗。

小豬和小熊去旅行

過年嘍！過年嘍！在雪花飄飛的日子裡，小熊和他的小夥伴們又迎來了一個快樂的新年。

「恭喜發財，紅包拿來！紅包多多，幸福多多！」大年初一早上，小豬和夥伴們給爺爺奶奶、叔叔嬸嬸們送去「恭喜發財」，得了好多好多紅包。

「小豬，我們有這麼多紅包，就用這些錢去旅行吧！旅行能增長不少見識呢！」小熊對小豬說。

小豬可高興了，他說：「好啊、好啊！反正我有這麼多錢，足夠一路的開銷啦！」

某個晴朗的日子，小豬和小熊背著行囊，出發了。

「累了，休息一下吧。」在一個小湖邊上，小熊坐下來欣賞著湖邊美麗的風景；耳中不時聽到，「冰糖葫蘆、好吃的冰糖葫蘆……」他有一點兒想吃，但馬上告訴自己，不能亂花錢。所以，小熊只把這叫賣聲當作湖邊插曲。

在一旁的小豬聽到冰糖葫蘆，口水都流出來了；他朝賣冰糖葫蘆的猩猩小販招手，「我要買冰糖葫蘆！」

猩猩過來了，他問小豬：「請問你要買幾串冰糖葫蘆？」

「一串……不，來五串！」小豬一邊說，一邊掏錢。

小熊勸說：「買一串就好啦！我們可要計畫開支，節約花錢；以免旅行還沒結束，就把錢給花光了。」

小豬掏出一大把錢來，對小熊說：「不用擔心，你看我的錢可多了。」說完，小豬就把錢遞給了猩猩，買了五串冰糖葫蘆。

待體力稍稍恢復，小豬和小熊又繼續往前走，他們來到了一個熱鬧的市集上。「哇！這裡有好多我喜歡的東西！」小豬高興的說，「吃的、玩的，真是應有盡有啊！」

小豬不停挑選著喜歡的東西——電動車、玩具槍、巧克力……他掏出大把大把的錢，買了很多很多東西。

小熊來到書店，選來選去，買了一本自己最喜歡的《好習慣銀行》故事書後，小熊對小豬說：「走吧！我們的旅行才開始，還要去很多美麗的地方呢！」

可是，小豬摸了摸口袋說：「我……我已經……沒有錢了。」

「哎！」小熊嘆了一口氣

說，「真是花錢如流水啊！沒有計畫、不加節制的花錢，很快就會把口袋裡的錢掏光了。」

小豬不好意思的說：「對不起！我以為有這麼多錢，不可能花光的。」

「沒辦法啦！我們只好等以後再去旅行。」小熊也不再抱怨。這次旅行，就這樣結束了。

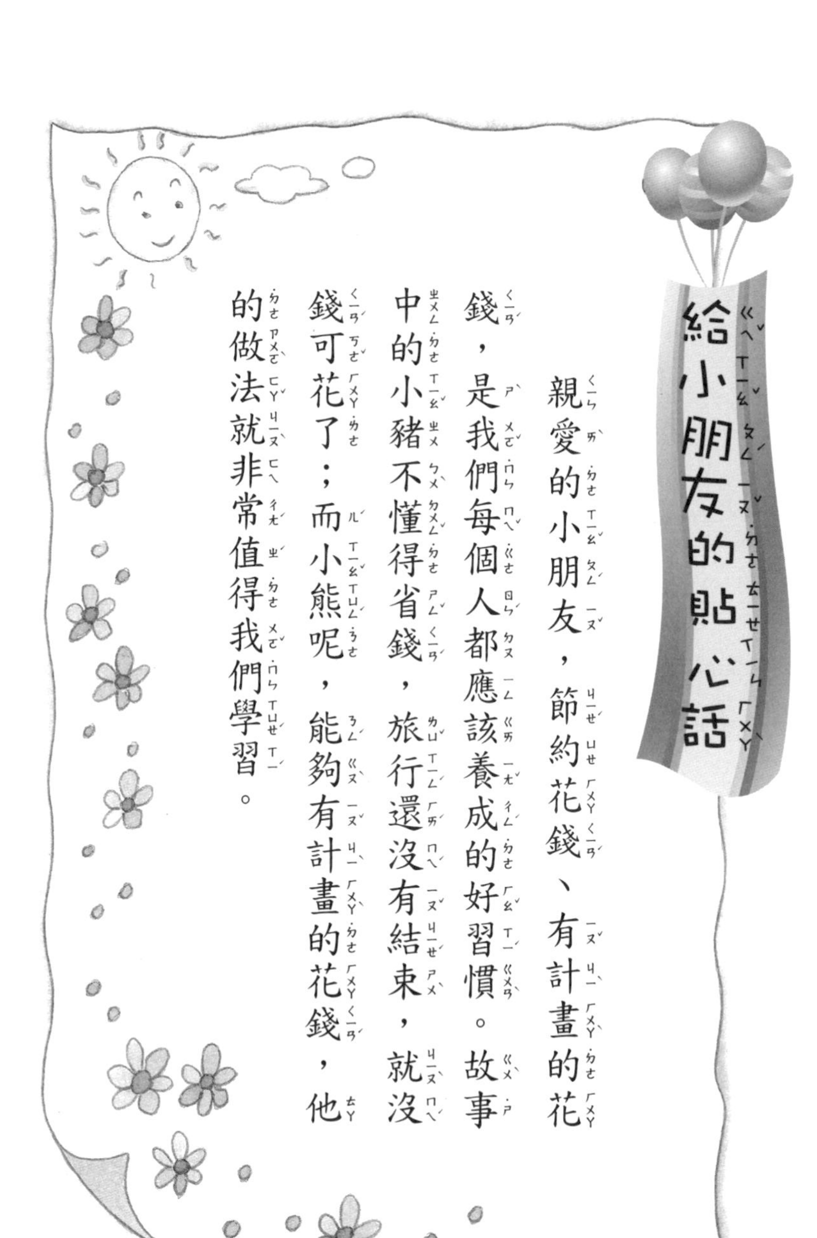

給小朋友的貼心話

親愛的小朋友，節約花錢、有計畫的花錢，是我們每個人都應該養成的好習慣。故事中的小豬不懂得省錢，旅行還沒有結束，就沒錢可花了；而小熊呢，能夠有計畫的花錢，他的做法就非常值得我們學習。

太陽鳥

太陽鳥麗娜從飛出鳥巢的那一天起，就有一個美麗的願望：要飛到太陽鳥去。

在一個美麗的清晨，太陽鳥麗娜展開她那深紅色的翅膀，踏上了前往太陽鳥的旅途。

飛呀、飛呀！飛過了一座座高山，麗娜餓了。「啊！金黃的油菜花兒開了！」麗娜驚喜的飛過去，停在油菜花簇上，把她那尖尖的喙伸進一朵菜花兒裡，「這蜜汁真是香甜！」

油菜花中那朵最小最黃的花兒不禁問麗娜：「美麗的太陽鳥姊姊，您想要到哪兒，怎會這麼疲累呢？」

「我要到太陽島去，聽太陽公公講神奇的故事。」麗娜說。

油菜花兒驚訝的說：「天啊！這麼遠的路，恐怕您還沒到就已經累死了！還是趕緊回家吧！」

「謝謝油菜花兒妹妹的關心，我會堅持到最後一刻的！」麗娜喝飽了蜜汁，告別了油菜花兒，勇敢的繼續向前飛去。

飛呀、飛呀！飛過了一條條小河，麗娜餓了。「喲！淡黃色的棗花兒開了！」麗娜高興的飛過去，停在棗花兒上，把她那尖尖的喙伸進了一朵棗花兒裡，「這蜜汁真是香甜！」

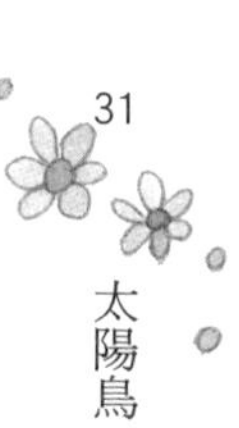

棗樹姊姊用她的葉子輕輕拂過麗娜顏色像檸檬般的黃衣服，疼愛的說：「太陽鳥妹妹，妳想要到哪兒，怎會滿身都是灰塵呢？」

「我要到太陽島去，看看島上美麗的風景。」麗娜說。

棗樹姊姊搖著頭說：「妹妹啊！通往太陽島的路那麼艱險，憑妳這弱小的身子，能撐到那一天嗎？還是趕緊回家吧！」

「謝謝棗樹姊姊的關心，我會堅持到最後一刻的！」麗娜喝飽了蜜汁，告別了棗樹姊姊，勇敢的繼續向前飛去。

麗娜飛過了一座座高山，飛過了一條條小河，聽到了一次又一次像油菜花兒妹妹和棗樹姊姊那樣的勸告；但是，麗娜還是沒有回頭。

麗娜越飛越高，越飛越遠；前方既沒有能解渴的水，也沒有可以吃蜜的花兒了。又累又餓的麗娜，落在石頭大哥的身上歇歇腳。

「太陽鳥啊太陽鳥，妳要到哪兒去？妳看看，妳的衣衫已不再美麗，妳的翅膀已不再有力。妳還是趕緊回去吧！」石頭大哥對麗娜說。

麗娜用嘶啞的嗓音說：

「謝謝石頭大哥的關心，我會

堅持到最後一刻的！」

聽了麗娜的話，石頭大哥唱起了歌兒：「太陽花啊太陽花，快快發芽快開花，帶著勇敢的太陽鳥，快快趕往太陽島……」

伴著石頭大哥的歌聲，麗娜眼前一棵太陽花的小幼苗，從地裡探出了頭；漸漸的，小苗兒抽出了新葉兒，長成了太陽花樹。沒多久，花樹上開出了一朵漂亮的太陽花，就像一個金黃色的大圓盤。又累又餓的麗娜飛到太陽花上，貪婪的吸吮蜜汁。

「勇敢的太陽鳥啊，太陽花只為勇者開放！」石頭大哥說，「妳看，這一路上，都將有太陽花為妳開放！離太陽島的路還遠著呢，妳趕緊起程吧！」

麗娜放眼望去——一朵又一朵的太陽花，張開甜甜的笑臉，迎著太陽開放，鋪成了一條燦爛的太陽路！

麗娜展開翅膀，向著太陽鳥飛去……

給小朋友的貼心話

在追求理想的道路上，我們一定會遇上許多困難；但是，我們一定要有堅持不懈的毅力，一定要有戰勝困難的決心。只要我們一路披荊斬棘、勇往直前，象徵理想的太陽花，一定會為我們開放！

吉米兔和紅狐狸

初夏，雷聲陣陣，稀里嘩啦的一陣雨下過之後，太陽又從雲層裡露出了笑臉。

「喔！又一陣太陽雨，正是採蘑菇的好時機啊！」雪白的兔子吉米從小木屋裡探出腦袋；他抬頭看了看天，開心的笑了。

出門的時候，兔子媽媽叮囑吉米：「可要注意大灰狼和紅狐狸，他們都是狡猾的敵人啊！」

吉米提著小竹籃，來到了最愛的林子裡，那兒的蘑菇長得又鮮又

嫩。他聽到了陣陣歌聲——我拖著樹枝唱著歌，我搭好陷阱多快活；等著兔子野雞送上門，通通被我來活捉。呵呵呵……呵呵呵……

是誰唱得這樣快樂？吉米躲在一棵大樹後面，偷偷的看個仔細。哦！原來是一隻紅狐狸，他正在用樹枝搭陷阱呢！

「這裡的蘑菇最多，美味的兔子最愛來這裡。」紅狐狸一邊布置陷阱，一邊小聲嘀咕，「兔子都很聰明，我要布一個迷宮，讓他們逃不出去！」

紅狐狸在陷阱附近橫七豎八的放了許多樹枝後，他退出這個「迷宮」，歪著腦袋看了看說：「還不夠以假亂真，我得再去弄一些藤蔓來放在旁邊。」狡猾的紅狐狸，離開的時候還放了一朵紅蘑菇在安全的位置上：「只要踩在這上面，就不會讓自己陷進去了。」

吉米嚇得兩腿發軟，真想馬上就逃得遠遠的，可是卻挪不開腳步。吉米深呼深吸著，讓自己的心先安定下來，再試著挪動腳步好離開這裡。可是，接下來他又想：只有我知道這裡有陷阱，如果我就這樣離開，也許待會兒就會有其他兔子、野雞或別的夥伴不小心掉進陷阱裡……吉米想了又想，越想越覺得自己應該做點什麼，避免大夥兒掉入陷阱。

「對了！我要讓紅狐狸自討苦吃，想要害人卻害到自己。」吉米的腦子裡冒出一個大膽的想法；可是，該怎麼做呢？吉米想來想去，又聽到紅狐狸的歌聲了——我拖著樹枝唱著歌，我搭好陷阱多快活；等著兔子野雞送上門，通通被我來活捉。呵呵呵……呵呵呵……

哎呀！怎麼辦呢？要是被紅狐狸發現，可就成了他的晚餐啦！吉米好著急。忽然，他會心一笑說：「我想到妙計了！」只見吉米沿著紅狐狸剛

才離開的路，小心的抓起那朵紅狐狸用來當作安全標記的紅蘑菇，放到陷阱旁邊的樹枝上。

紅狐狸拖著藤蔓來了，他哼著小曲兒，得意洋洋的朝紅蘑菇走去。「哎喲！」紅狐狸還沒有走到紅蘑菇跟前，就掉進了陷阱裡。

「是誰幹的壞事？竟敢動了我的紅蘑菇。」陷阱裡的紅狐狸大聲喊叫著。

吉米急忙跑過去，一邊用樹枝使勁撲打陷阱裡的紅狐狸，一邊大聲喊：「快來啊！紅狐狸掉進陷阱裡嘍！」

吉米的喊聲引來了狼狗大哥、山羊大叔、野豬大嬸……他們把陷阱團團圍住，狡猾的紅狐狸就這麼被自己設下的陷阱捉住了。

給小朋友的貼心話

故事中的兔子吉米，在敵人面前沒有退縮，而是運用大腦，把敵人送進了自己設的陷阱裡。親愛的小朋友，面對難題時，一定要試著動動腦筋，想想辦法，這樣才能解決問題呵！

象耳裡的小青蛙

雨過天青，池塘裡的小青蛙們都快樂的唱起歌兒：「呱呱呱——呱呱呱——我們是快樂的小青蛙……」池塘邊上有一塊草地，大雨過後，小草葉兒被洗得發亮。很小很小的青蛙哥哥和青蛙弟弟來到草地上，玩著滑板車呢！

這時候，大象伯伯來了，他搖著長鼻子說：「小青蛙，你們好哇！」

「大象伯伯，您看，我們滑得好嗎？」青蛙哥哥問。

「好啊、好啊，你們滑得真好！」大象伯伯誇獎道。

「唉唷！不好了……」兩隻小青蛙驚聲尖叫。原來，小青蛙踏著滑板車飛進了大象伯伯的耳朵裡，滑板車正好堵住了大象伯伯的外耳孔；兩隻小青蛙被關在耳朵裡，不能出去了。

「救命啊！救命啊！」青蛙哥哥使勁的搖著滑板車。

「天啊！我們該怎麼辦？」青蛙弟弟緊緊抓住哥哥。

「弟弟，我們一起使勁兒，把滑板車掀開。」兩隻小青蛙一起喊著，「一、二！一、二……」用力搖著滑板車。

「哎呀——」青蛙弟弟一不小心，掉進大象的中耳裡了。青蛙哥哥一急，手一鬆，也跟著掉了下去。大象伯伯甩甩腦袋，想把青蛙哥哥、青蛙弟弟和滑板車都給甩出來。

「哎呀！我們受不了了，暈得厲害呢！」青蛙哥哥喊道。

「我都搞不清楚方向了。」青蛙弟弟說。

「咻……」小青蛙聽到聲音，突然眼前一亮。

「小青蛙們，我已經把滑板車甩出去了。」大象伯伯喊道，「你們趕緊想辦法出去吧！」

青蛙哥哥和青蛙弟弟想從大象伯伯的耳朵裡走出去，總是走幾步又滑下去；滑得大象伯伯直喊：「癢癢啊！癢癢啊！」大象伯伯越是癢，他就越是甩腦袋，甩得青蛙哥哥和青蛙弟弟暈頭轉向，想動也不能動。一會兒之後，大象伯伯就不甩腦袋了。

「叮叮噹，叮叮噹，鈴兒響叮噹；整天飛進又飛出，快樂又漂亮。」這時，一隻戴著花環的小蒼蠅唱著歌兒飛到大象伯伯的耳朵裡來了。

「喂！小不點兒，快告訴我們，怎麼才能出去呀？」青蛙弟弟攔住了小蒼蠅的去路。

小蒼蠅打量著青蛙弟弟，說：「我不知道。你們怎麼進

來的，就怎麼出去啊！」說完，撲了撲翅膀，準備起飛。

「哼！小氣鬼，不說就算了。」青蛙弟弟生氣的說。小蒼蠅沒有回話，只是梳理著她那對漂亮的翅膀。

「親愛的蒼蠅妹妹，請妳原諒我弟弟的不禮貌，告訴我們怎麼出去好嗎？」青蛙哥哥很有禮貌的說。

「好啊！」小蒼蠅說，「你們暫時別動。我出去請大象伯伯把腦袋側向一邊，像溜滑梯一樣，你們就可以順利的出去了。」

小蒼蠅說完就飛了出去，請大象伯伯別再晃腦袋，並且把腦袋側向一邊。兩隻小青蛙稍微用力一跳，就從大象伯伯的耳朵裡出來了。

「謝謝妳，蒼蠅妹妹。」青蛙哥哥大聲的對小蒼蠅說。

「謝謝妳！」青蛙弟弟小聲的對小蒼蠅說。

「不用客氣。叮叮噹，叮叮噹，鈴兒響叮噹……」小蒼蠅又唱著歌兒飛走了。

「你們兩個小不點，在我的耳朵裡繞了這麼久，癢得我難受啊！」大象伯伯笑著說。

「對不起啦！」青蛙弟弟不好意思的說，「要不是大象伯伯和蒼蠅妹妹幫忙，我們可就出不來了。」

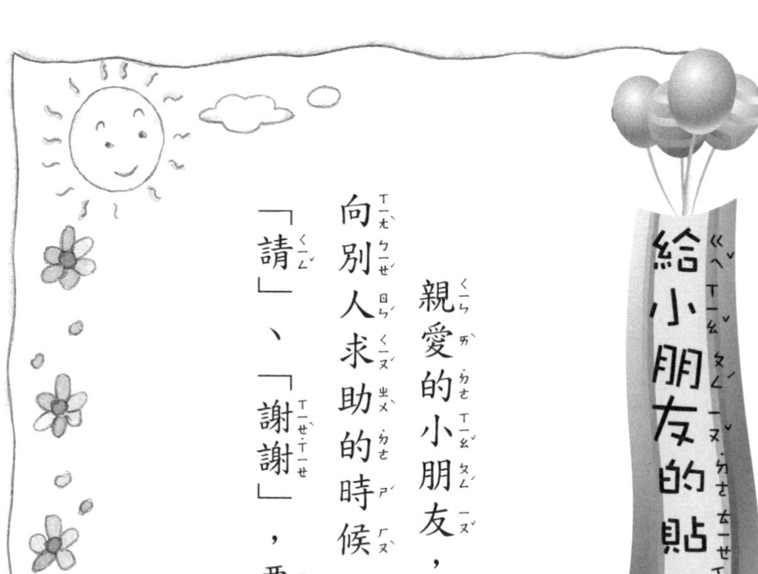

給小朋友的貼心話

親愛的小朋友，你曾經向別人求助過嗎？向別人求助的時候，一定要多說「您好」、「請」、「謝謝」，要注意禮貌呵！

我們一起看

趁著好天氣，呼嚕豬拿著一本圖畫書來到花園裡，坐在搖椅上看了起來。圖畫書裡的故事很精彩，呼嚕豬忍不住大聲念出來：「一隻小鴨子來到草地上，看見猴大哥正在大樹上盪鞦韆；小鴨子也想盪鞦韆，他扯長了脖子叫喊：『猴大哥！猴大哥！我也要盪鞦韆！』」

「咦，這是小猴子在唱歌吧？」呼嚕豬把圖書翻過來翻過去，「這是小鴨子在跳舞嗎？」唉！一個人看書，真是不好玩。

「汪汪——汪汪——」狗小歡叫了兩聲。

「小歡，快來呀！」呼嚕豬趕緊呼叫。

小歡呼呼的跑過來說：「豬大哥，您找我有事嗎？」

呼嚕豬舉起圖畫書說：「我有圖畫書，你想看嗎？」

小歡爬上搖椅，看著圖畫書高興的說：「啊！真好看。」

呼嚕豬和小歡一邊指著書上的圖畫，一邊講著故事。圖畫書上的故事可精彩了——小螞蟻正在辦嘉年華會慶祝豐收，有的唱歌，有的跳舞，有的敲鑼打鼓……

「看這裡，蝸牛娶新娘——迎娶的隊伍很長、很長，新郎摟著新娘，一步一步慢慢走；新娘頭上戴著花兒……」呼嚕豬說。

「喵喵——喵喵——」阿貓叫了兩聲。

「阿貓，快來呀！這裡有好看的圖畫書呢！」呼嚕豬喊道。

「阿貓，快來快來，我們一起看圖畫書，很有趣呵！」小歡也呼叫。

阿貓也爬上搖椅，和呼嚕豬、小歡一起津津有味的看起了圖畫書。看著、看著，他們看到一幅有趣的畫——小豬

不小心從凳子上摔下來，摔了個四腳朝天；枝頭的小鳥拍著翅膀，笑著說：「小豬圓、小豬壯，摔倒爬起來你最棒！」

「你們看，畫中的小豬和呼嚕豬長得真像呢！」小歡看了看呼嚕豬，好像發現了天大的祕密。

「哈哈！說不定，畫家畫的就是我呢！肯定是我長得人見人愛，人氣第一，畫家就把我畫進了圖畫裡……」

「咚——」呼嚕豬一得意，不小心從搖椅上摔了下來；「啊喲！痛死我嘍！」呼嚕豬裝出很痛苦的樣子說，「勸你們別學我樂極生悲啊！」逗得小歡和阿貓笑瞇了眼睛，笑疼了肚子。

給小朋友的貼心話

我們經常說：「大家快樂才是真的快樂。」大家一起看圖畫書，大家一起玩玩具，大家一起分享勝利果實……一個人獨自享受快樂，快樂就只有一份；兩個人一起分享快樂，快樂就變成了兩份；多人一起分享快樂，快樂便會充滿我們的生活。

咪眼貓上學了

秋姑娘揮著金色的畫筆，把世界染成了一片金黃，秋天到了。貓媽媽採來火紅的楓葉，為咪眼貓做了一個漂亮的楓葉書包。雪白的咪眼貓背著楓葉書包，紅的像火，白的像雪，真的很漂亮。

「寶寶，你應該去上學了。」貓媽媽對咪眼貓說。

「不去、不去！」咪眼貓趕緊放下新書包，一邊跑、一邊說；貓媽媽圍著小木屋轉了好幾圈，才把咪眼貓給抓住了。

「我不要上學、我不要上學……」咪眼貓哭鬧著。

貓媽媽把楓葉書包給咪眼貓背上，對她說：「寶寶，你長大了，應該去學校裡學習更多知識呀！」

小兔、小雞和小鴨正要去上學，聽到咪眼貓的吵鬧聲都走了過來。小兔說：「以前我也不想去上學，因為我怕老師罵，而且又沒有朋友。」

「嗯……」小雞和小鴨不斷點頭，並異口同聲說，「現在我們都很喜歡上學呢！」

咪眼貓不哭了，眼巴巴的望著他們。小兔說：「許多同學都成為我的好朋友呵！」

「你騙人！」咪眼貓還是不信。

「騙妳我就是小貓啦！」小兔說，「不信，我們一起去就知道了。」

「不許騙我呵！」咪眼貓點點頭。在貓媽媽的帶領下，他們來到了森林小學的大門口。

咪眼貓趕緊把臉藏進貓媽媽的懷裡說：「我不進去，我害怕。」

「別怕！」小雞安撫說，「妳看，有那麼多同學，大家都笑嘻嘻呢！」

「寶貝，鼓起勇氣，勇敢的進去吧！學校裡有可敬的老師，還有可愛的同學呵！」貓媽媽溫柔的說。

「嗨，大家好！」小松鼠過來打招呼。

「同學們都很友善呀！」貓媽媽說。

「我們一起進去吧！」小鴨、小兔、小雞和小松鼠簇擁著咪眼貓進了校園。

咪眼貓邊走邊回頭看媽媽，忽然聽到大夥兒喊：「老師好！」她趕緊回過頭，同學們正在向山羊老師鞠躬問好。

「老師……好……」咪眼貓

鼓起勇氣，照著同學的樣子，也鞠了一個躬，向山羊老師問好。

山羊老師說：「喲！是新同學吧？真有禮貌！跟我一起到教室裡去吧。」

咪眼貓跟著山羊老師來到了教室。教室裡的新同學真多呀：戴著眼鏡的小象、穿著漂亮衣服的孔雀、拖著蓬鬆長尾巴的松鼠妹……開始自我介紹了，同學們都站到講臺上，大聲的向同學們介紹自己的姓名、愛好等。

「我是孔雀，我最愛美，穿的是綠寶石衣服，人見人愛，大家都叫我『美麗的花少女』。」

「我是小象，腿粗、鼻子長是我的特色；可是，愛美的姊妹一聽到人家說她的腿是『象腿』就抓狂，真是奇怪！」

「我是蚊子，是個不受歡迎的護士；因為我專管打針，還會引起過敏，一直癢、癢、癢。」……終於，輪到咪眼貓了。

咪眼貓很害羞的走到講臺上，她把頭埋得很低，滿臉通紅的迸出：「我……我……」

教室裡很安靜，靜得咪眼貓都能聽到自己的心跳。

「孩子，你最愛吃什麼東西、最愛做什麼事，想說什麼就勇敢說出來吧！」山羊老師鼓勵咪眼貓。

咪眼貓深深的吸了一口氣，然後大聲說：「我叫咪眼貓，我最喜歡唱歌，最愛吃的東西是洋芋片！以後，我會努力做一個勇敢的學生……」

「嗯，咪眼貓很清楚的把自己的喜好和期望都說出來了，說得好啊！」山羊老師邊說邊拍手，同學們也一起鼓掌。

咪眼貓的這一天過得很愉快，她認識了很多新同學，還學到了一些知識。

放學了，咪眼貓勇敢的走在回家的路上；她要趕緊回家，把今天的表現告訴媽媽。

給小朋友的貼心話

親愛的小朋友，當你第一次上學、第一次站起來回答問題、第一次上舞臺的時候，你勇敢嗎？你是否像咪眼貓一樣，不斷鼓勵自己，由膽小的孩子變成勇敢的孩子呢？讓我們一起鼓足勇氣，接受生活中的挑戰吧！

香噴噴的烤馬鈴薯

下雪嘍！大耳狗和小夥伴們在雪地裡堆雪人、捏雪球打雪仗……

「好香呵！」一陣香味傳來，小貓咪舔了舔舌頭說。

小豬深深的吸了一口氣說：「我聞到烤馬鈴薯的味道了。」

大耳狗也嚥了嚥口水說：「真香！要是能吃一塊熱呼呼的馬鈴薯就好了。」

烤馬鈴薯的香味是從豬媽媽家的窗口飄出來的。貓大叔是森林裡烤馬鈴薯的能手，他烤出來的馬鈴薯香甜可口；豬媽媽今天請來貓大

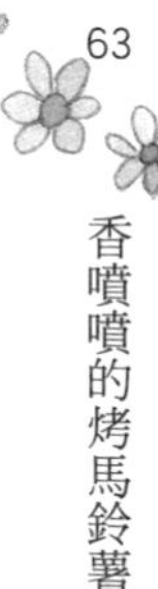

叔幫她烤馬鈴薯呢！

「一、二、三……二十個！」豬媽媽數著馬鈴薯的數量，清點了兩次，都是二十個。她樂呵呵的說：「正好二十個，一個也不多，一個也不少！」

玩了一會兒雪仗，小貓咪說：「我們去玩雪橇吧！」大耳狗卻說：「你們去吧！我還有別的事呢！」

貓大叔不斷翻烤著那些又大又香的馬鈴薯；不到一上午的時間，全部的馬鈴薯都烤好了。

「貓大叔，外面太冷了，您進屋暖和一下吧！」豬媽媽在屋裡喊著，貓大叔便進屋去了。

原來，豬媽媽今天請客，她邀請了大耳狗和狗媽媽在內的許多客人，去她家裡吃烤馬鈴薯。

約定的時間快到了，仍不見大耳狗回來。「狗寶貝快回家嘍！」狗媽媽呼喚著大耳狗。

聽見了媽媽的呼喊，大耳狗才慌慌張張的往家裡跑；還在上氣不接下氣的喘著，狗媽媽就著急的說：「怎麼現在才回來？我們快去豬媽媽家吧！」

「為什麼要去豬媽媽家？我不去！」大耳狗低著頭，邊走邊回話。

「豬媽媽請吃烤馬鈴薯呢！我們不去是不禮貌的……」

「我不想吃烤馬鈴薯。」不等狗媽媽說完，大耳狗又拒絕去豬媽媽家。

「烤馬鈴薯一直是你最愛吃的，怎麼這會兒不想吃？是不是身體不舒服？」狗媽媽覺得很奇怪，「我帶你去看醫生吧！」

「不要去看醫生，我跟您去豬媽媽家就是了。」大耳狗無奈的跟在媽媽後面往豬媽媽家走

去。

「歡迎你們！請先喝杯熱茶吧！」豬媽媽和小豬熱情的歡迎客人們。豬媽媽請來的客人，除了狗媽媽和大耳狗以外，還有貓大叔和小貓咪、松鼠媽媽和小松鼠、雞媽媽和小公雞。

「請嘗嘗我們家的烤馬鈴薯，這可是請貓大叔來烤的唷！味道超好，品質保證。」豬媽媽笑著說，「我們這裡一共十個人，每人有兩個烤馬鈴薯。」

豬媽媽在每個盤子裡放兩個馬鈴薯，小豬便把裝有馬鈴薯的盤子遞給客人，所有的客人都得到了一盤烤馬鈴薯；馬鈴薯分完了，豬媽媽和小豬卻沒有。

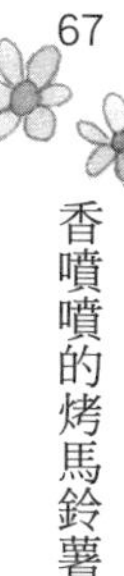

「奇怪？我清點過兩次，每次都有二十個啊？」豬媽媽小聲嘀咕，然後還是微笑著對客人說，「大家趕緊趁熱吃吧！貓大叔的手藝真是不錯呢！」

「媽媽，我也要烤馬鈴薯。」小豬聞著香噴噴的烤馬鈴薯卻吃不到，有些難過。

豬媽媽對小豬說：「寶貝，等一下我們再請貓大叔幫我們烤一些。」

「咦？真是奇怪，我記得烤出來的是二十個馬鈴薯啊，怎麼會少四個呢？」貓大叔輕聲的對豬媽媽說，「對不起啊！是我的疏忽。」

大耳狗走近小豬身邊，小聲的說：「小豬，我這份給你吃吧，我不想吃。」

「真的嗎？太謝謝了！」小豬開心的接過馬鈴薯，津津有味的吃了起來。

狗媽媽也從盤子裡拿出一個烤馬鈴薯遞給豬媽媽：「大姊，我們一起吃吧！」

回到家裡，大耳狗把自己關在房間裡；他拿出信紙，提起筆開始寫信。他要給豬媽媽和貓大叔分別寫一封信，坦白承認是他趁著貓大叔進屋休息時，偷吃了四個烤馬鈴薯……

給小朋友的貼心話

大耳狗沒有管住自己的嘴巴，偷吃了豬媽媽用來招待客人的馬鈴薯。然而，大耳狗知道了自己犯的錯，所以把自己的那份馬鈴薯給小豬吃；回到家以後，還準備寫信給豬媽媽和貓大叔，承認自己的錯誤。

親愛的小朋友，勇於承認自己的錯誤，並且知錯能改，都是好孩子呵！

粉紅色的雨衣

「呼啦啦——呼啦啦——」起風了。

「嘩啦啦——嘩啦啦——」下雨了。

「媽媽，講一個好聽的童話故事給我聽吧！」小豬嘟嘟拉著豬媽媽的衣角撒嬌。

「嘟嘟，今天我們就講〈青蛙王子〉吧……國王的宮殿附近，有一片幽暗的大森林，在這片森林中的一棵老樹下……」豬媽媽把嘟嘟摟在懷裡，講著有趣的童話故事。

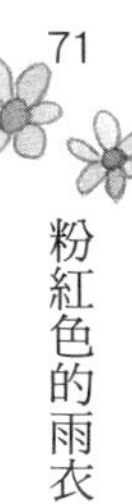

「篤篤篤——篤篤篤——」屋外傳來了敲門聲。

「誰呀？」豬媽媽打開門，只見門外站著一隻大耳朵狗。

豬媽媽仔細的打量著大耳朵狗：身上穿著一件又破又髒的衣服，胸前抱著一個破布口袋……

「你有什麼需要我幫忙的嗎？」豬媽媽十分同情大耳朵狗。

大耳朵狗低聲說：「您能借我一把傘嗎？我口袋裡的廢紙如果被雨淋壞了，就不能賣錢了……」

大耳朵狗從小就失去了爸爸和媽媽，只能靠資源回收維持生活。

豬媽媽回到屋裡，從櫃子裡取出一把黃色的小傘，正準備遞給大耳朵狗；嘟嘟卻一把從媽媽手裡奪過小黃傘，生氣的說：「這是我的傘，我才不要給他哩！」

豬媽媽摸著嘟嘟的頭，輕聲說：「孩子，大耳朵狗是向我們借傘，他會還給我們的。」

嘟嘟撇了撇嘴說：「我才不信他會還傘呢！」

嘟嘟緊緊抱著小黃傘不放。豬媽媽沒有辦法，只得從角落裡找出一件破了好幾個洞

的粉紅色雨衣，抖了抖上面的灰塵，遞給大耳朵狗：「你將就用一下吧，這個也能遮雨的。」

大耳朵狗接過雨衣，向豬媽媽鞠了個躬，說了聲謝謝，轉身就消失在雨簾中。

「他那麼窮，會還雨衣才怪呢！」嘟嘟還打賭，「如果他會還雨衣，我就去幫他做資源回收！」

第二天清晨，太陽溫暖的嘴唇吻醒了嘟嘟；窗外的樹枝上，鳥兒歡快的唱著動聽的歌謠。

「嘟嘟，天晴了，到外面晒晒太陽，呼吸新鮮空氣吧！」豬媽媽想帶著嘟嘟出去活動筋骨。

當嘟嘟打開大門，只見大耳朵狗站在門外，手裡還拿著一個袋子。嘟嘟沒好氣的問：「你又要來借什麼啊？」

「對不起，我不是來借東西的。」大耳朵狗打開袋子，把雨衣遞給嘟嘟，說了聲謝謝，再鞠個躬，轉身就要離開。

「請你等等！」豬媽媽請大耳朵狗別急著走，然後對嘟嘟說，「你看看，大耳朵狗不但歸還雨衣，還把那幾個破洞都縫起來了。你昨天說的話還算數嗎？」

嘟嘟的臉頰上彷彿爬上了兩個紅紅的太陽，他不好意思的對大耳朵狗說：「對不起，我只會以貌取人，錯怪了你。請讓我陪你去做資源回收吧！」

給小朋友的貼心話

俗話說：「人不可貌相，海水不可斗量。」意思是說，一個人的好壞，不能只看他的外表，而要看他的行為才能判斷。

森林裡的妖怪

「聽說林中來了一個妖怪呢！」

「是啊，每天晚上都會聽到奇怪的聲音！」

「好可怕哦！」

森林裡的居民們議論紛紛。

夜幕又要降臨了，森林裡的小動物們都急著往家裡趕。

「天都快黑了，我害怕……」膽小的兔子說。

「我也害怕，我要回家趕快把門關上。」雞小妹趕緊回家。

「快走吧！走慢了，小心被妖怪抓住。」哈巴狗拔腿就跑。

月亮升起來了，天幕上的星星們眨著眼睛，彷彿也想看看森林裡將會發生什麼事情。夜，已經很深了。

「砰砰砰——砰砰砰——」森林裡響起像打鼓一樣的聲音。

膽小的兔子鑽進被窩裡直哆嗦；雞小妹用一塊頭巾把腦袋捂住；哈巴狗搬來一塊大石頭，緊緊的擋住自家大門。

「嘩啦啦——嘩啦啦——」

「嚓嚓嚓——嚓嚓嚓——」

妖怪傳出來的聲音，一會兒像下暴雨，一會兒像老鼠啃地板，一會兒又像怪物在咆哮……

整個夜晚，又有好多小動物不敢睡，擔心妖怪闖進家裡來呢！

清晨，森林裡的小動物們起床了；他們打著哈欠、伸著懶腰，一副無精打采的樣子。

兔子匆匆忙忙的到了學校，山羊老師叫他交作業，他才想起來：「天啊！我忘了帶作業。唉！昨晚沒睡好，頭暈啊！都是那妖怪惹的禍。」

雞小妹打開店鋪，剛好遇到小豬來買玉米。雞小妹收了小豬的森林幣，卻沒有給小豬玉米，便轉身做別的事情。

「雞小妹，我的玉米呢？」小豬問。

「啊！對不起、對不起，我可真是暈頭轉向了。」雞小妹一邊

說，一邊拿玉米給小豬。

「肯定是昨天晚上沒睡好吧？」小豬說，「我也沒睡好呢。唉！都是那妖怪惹的禍。」

哈巴狗早上起床時，卻怎麼也搬不動擋住自家門口的大石頭。哈巴狗爬上窗戶大聲喊：「我被困住了，誰來幫我一下啊！」

大力士小熊聽到了哈巴狗的呼喊，快步衝了過去，一把就搬開了那塊大石頭。「謝謝你，小熊。」哈巴狗終於從家裡走出來，「糟糕！我上班又遲到了，這個月的薪水快被扣光啦！唉！都是那妖怪惹的禍。」

森林居民不得安寧、魂不守舍，好像全都是那妖怪惹的禍。可是，從沒有人看過那妖怪，妖怪究竟在哪裡、是啥模樣呢？猩猩探長決定查個水落石出。

晚上，猩猩探長在樹上架起了高倍望遠鏡，靜靜的觀察著森林裡的一切風吹草動。

「砰砰砰——砰砰砰——」

「嘩啦啦——嘩啦啦——」

「嚓嚓嚓——嚓嚓嚓——」

夜，已經很深了，妖怪又開始行動了！小動物們都躲進家裡、鑽進被窩裡。

猩猩探長轉動著高倍望遠鏡頭，仔細觀察著森林裡的每一個角落。

「那是什麼呀？」猩猩探長從鏡頭裡發現了一個可疑的地方；他不斷對準焦距，想看出妖怪的真面目。

「看到了！」猩猩探長發現，在一棵大樹上有一座小木屋不斷晃動，怪聲就是從小木屋傳出來的。

「嘿嘿！非抓住你不可。」猩猩探長透過窗戶望進去，妖怪一邊敲鑼打鼓，還瘋狂的舞動身體呢！

猩猩探長定睛一看，簡直驚呆了，「那妖怪毛聳聳的，可真嚇人啊！」

他以為自己眼花了，揉揉眼睛再看；只見那妖怪正慢慢轉動身體，「咦！那不是小松鼠嗎？」

「原來，把大家嚇得睡不好覺的妖怪就是小松鼠啊！」猩猩探長說完，便朝小松鼠家走去。

給小朋友的貼心話

爸爸媽媽經常告訴我們：「寶貝，安靜的睡覺，不要吵鬧，不要打擾別人。」夜晚是大家休息的時間，可不要大聲吵鬧，才不會讓鄰居不得安寧呵！

丟丟別怕

小螞蟻丟丟和媽媽在春天的陽光下愉快的散步著。

「丟丟，媽媽去找點水喝，你先在這兒玩一會兒，不要亂跑呵！」媽媽叮嚀丟丟。

「丟丟，我們到小河邊上玩吧，那裡在舉行故事會呢！」媽媽才剛離開，一隻花蝴蝶就飛來對丟丟說。

丟丟最愛聽故事了，他沒有告訴媽媽，就隨著花蝴蝶來到了小河邊上，聽大哥哥、大姊姊們講了好多好多美麗的童話故事。

故事聽完了，小朋友跟他們的爸媽都回家了；可是，丟丟找不到回家的路了。「媽媽！媽媽！您在哪裡呀？」丟丟邊哭邊喊著媽媽。可是，丟丟找不到媽媽了。他在一棵橘子樹上尋找媽媽的時候，看到樹枝裡有一架紙飛機。

「要是這架紙飛機能帶著我，飛上藍天，摸摸彩雲，然後再帶我去找媽媽，該有多好啊！」丟丟爬上紙飛機，自言自語的說。

路過的風姊姊對丟丟說：「丟丟，我來幫你！坐上紙飛機找媽媽去！」

風姊姊稍一使勁兒，紙飛機就載著丟丟起飛了。丟丟在紙飛機上一會兒和小鳥打招呼，一會兒和雲彩姑娘握握手，一會兒又伴著花蝴蝶飛行……

這時，一隻紅蜻蜓飛過來說：「丟丟，你怎麼還不回家？快下雨了！」

一聽要下雨了，丟丟急了：「風姊姊還在吹，紙飛機還在飛；要是淋壞了紙飛機，我怎麼去找媽媽？」丟丟傷心的哭了。

紅蜻蜓安慰丟丟說：「別怕、別怕，我去給你想想辦法。」紅蜻蜓說完就飛走了。

這時候，一滴小雨點落到了丟丟的紙飛機上，丟丟急得大哭：「小雨小雨你別下，毀了紙飛機叫我害怕，我還要去找媽媽。」

突然，天空出現許多喇叭花做的小傘向丟丟飛來，雨點不再打溼

紙飛機；丟丟也安心了，不再害怕。

「怎麼會有這麼多喇叭花傘呢？」丟丟覺得很奇怪。

「是我呀！」紅蜻蜓說，「我和夥伴們一起來幫你打傘了！」

一朵朵喇叭花緊緊的挨在一起，組成了一把大大的花雨傘，在雨中拼成了一幅美麗的圖畫。紅蜻蜓們托著這幅美麗的畫，伴著丟丟，伴著紙飛機，在風雨中平安飛翔……

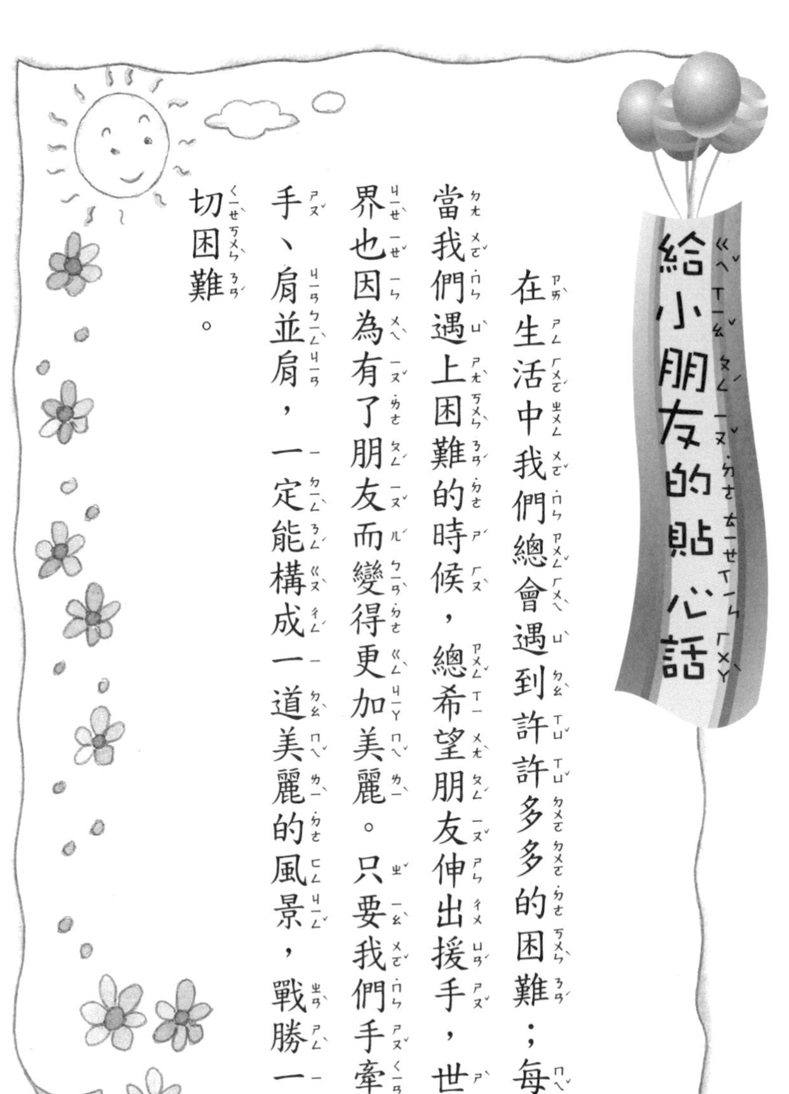

給小朋友的貼心話

在生活中我們總會遇到許許多多的困難；每當我們遇上困難的時候，總希望朋友伸出援手，世界也因為有了朋友而變得更加美麗。只要我們手牽手、肩並肩，一定能構成一道美麗的風景，戰勝一切困難。

學說話的小老鼠

「叮叮噹，叮叮噹，鈴兒響叮噹；我提著小蜜桶，上山採蜜糖……」小蜜蜂唱著歌兒，上山採蜜糖去了。

山上開滿了黃燦燦的油菜花，彷彿是一片金色的海洋。小老鼠也從地洞裡鑽出來，欣賞美麗的景色。

「小老鼠，見到你，我很快樂！」小蜜蜂熱情的和小老鼠打招呼。

小老鼠樂呵呵的說：「快樂！」

小蜜蜂從花叢中飛出來，停在小老鼠面前說：「小老鼠，媽媽告訴我，說話要完整；你應該說：『見到你，我也很快樂。』」

「是嗎？那我重新說一遍，」小老鼠說，「見到你，我也很快樂。」

聽了小老鼠的話，小蜜蜂滿意的笑了，又飛回花叢中採蜜。

這時候，小鹿也從小木屋裡走出來，伸著長長的脖子說：「大家好，今天的天氣真好。」

小蜜蜂一邊採蜜一邊說：「是啊！在這樣的天氣裡採蜜，真的很快樂。」

小老鼠見小鹿出來，高興得蹦了起來，對他說：「來了？好！」

「小老鼠，媽媽告訴我，說話要完整；你應該說：『你們都來了？真好啊！我們能在這樣的好天氣裡見面，真的很快樂。』」小鹿對小老鼠說。

「你們都來了？真好啊！我們能在這樣的好天氣裡見面，真的很快樂。」小老鼠把小鹿的話重複了一

遍。

聽得出小老鼠說話越來越有自信了，小蜜蜂和小鹿都開心的笑了。

小老鼠和小鹿，在一塊空地上玩遊戲；勤勞的小蜜蜂則不停的採蜜，很快就把他的蜜桶裝滿了。

「你們還要玩嗎？我要回家了。」小蜜蜂飛到小鹿的脖子上，微笑著說，「等我釀出了可口的蜂蜜，再送給你們品嘗。」

小鹿說：「好啊！小蜜蜂再見！希望我們還有機會見面。」

「再見！」小老鼠剛說完，彷彿想起了什麼，接著說，「小蜜蜂，我們永遠是好朋友！再見！」

給小朋友的貼心話

小老鼠在說話的時候，總愛用一個詞來表達自己的意思，這樣的表達很不完整。親愛的小朋友，我們在說話的時候，一定要把一句話說完整，把想要表達的意思表達清楚、完整，我們的語言表達能力才能提升，也才能讓對方聽得明白。

點點猴的太陽帽

點點猴種在花圃裡的粉紅色喇叭花開了，圓圓的小喇叭綻放著美麗的笑臉。

每天早上，點點猴都細心的為喇叭花澆水，還輕聲細語的和喇叭花說悄悄話：「小喇叭花，謝謝妳為世界帶來了美麗……」每當這個時候，小喇叭花總會唱出動聽的歌謠：「風兒輕輕吹，愛心靜靜淌；沒有點點猴，哪有花海洋？」

「點點猴，你整天在花圃裡工作，不累嗎？」枝頭的喜鵲問。

點點猴擦著額頭上的汗珠說：「不累、不累，只要喇叭花能夠快樂的開放，我就幸福了。」

「點點猴，你為喇叭花付出那麼多，她們會感激你嗎？」土裡的蚯蚓問。

點點猴微笑著說：「花兒的開放為世界增添了美麗，我的付出是值得的。讓花兒們去感謝那些欣賞他們的人吧！」

點點猴依舊不知疲倦的在花圃裡工作著。

太陽一天比一天狠毒了。太陽下的喇叭花們垂著腦袋，痛苦的呻吟著：「太陽啊，你回去歇歇吧！小雨呀，你快些下吧！」

聽著喇叭花們的呻吟，點點猴好難過。他戴上自己那頂破舊的太陽帽，在小喇叭花之間奔忙：一會兒為這幾朵喇叭花遮太陽，一會兒又為那幾朵喇叭花送涼風……累得點點猴大汗淋漓。

有一天，點點猴的太陽帽破得不能戴了。可是，點點猴除了要照顧喇叭花以外，還得照顧好些花草呢！看著點點猴光著頭在烈日下奔走，喇叭花們傷心的哭了。

「我們為點點猴做點什麼吧！」喇叭花們竊竊私語著。

第二天清晨，太陽剛露臉，點點猴就起床了，又來到花圃裡照顧花草。當點點猴來到喇叭花園的時候，他大吃一驚：「為什麼喇叭花都不見了？是誰摘走了喇叭花？」

喜鵲看到點點猴心疼的樣子，趕緊飛過來說：「喇叭花都在那邊呢！」

點點猴衝了過去，只見所有的喇叭花變成了一頂太陽帽；成群結隊的蚯蚓正扛著它在緩緩的移動。太陽帽唱出了好聽的歌謠：「點點猴的辛勞，喇叭花都知道；我們為了把恩報，變成了一頂太陽帽……」

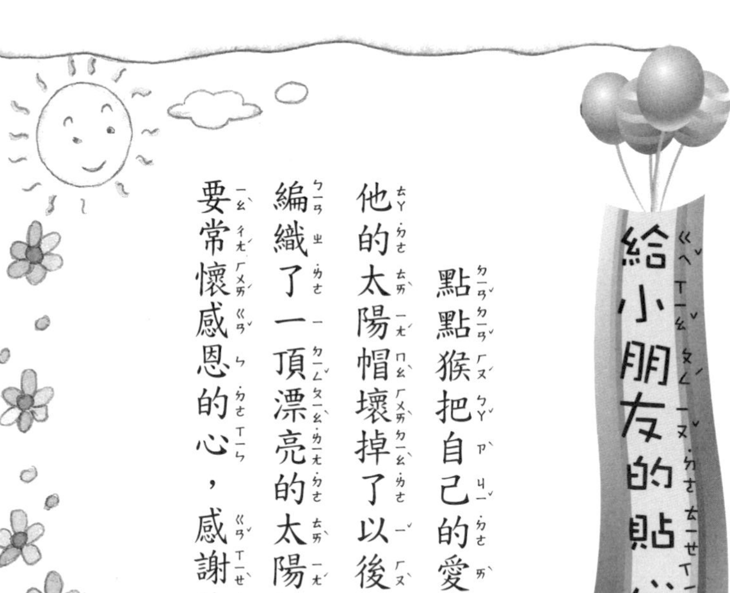

給小朋友的貼心話

點點猴把自己的愛無私的奉獻給了喇叭花；當他的太陽帽壞掉了以後，喇叭花們也共同為點點猴編織了一頂漂亮的太陽帽。我們接受他人的幫助，要常懷感恩的心，感謝他人，回報社會。

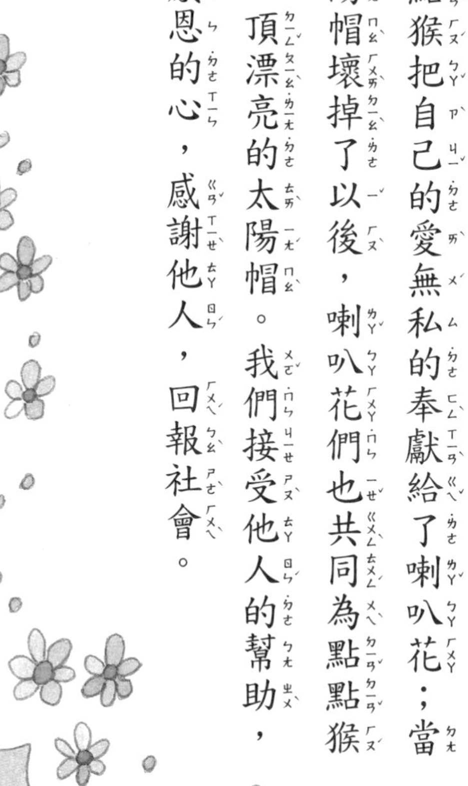

裝扮秋天的小樹

陽光下，一棵嫩芽悄悄的鑽出土來，睜開眼睛，欣喜的打量著這個美麗的世界。

陽光的溫暖、雨露的滋潤、加上風兒輕柔的撫摸，讓嫩芽一天天的長大，長成了一棵小樹苗。

「嘻嘻，我都結出花苞了。」身邊的玫瑰花樹笑道，「這個醜醜的小傢伙，卻還光禿禿的什麼也沒有。」

玫瑰花樹上已經結滿了大大小小的花苞，在微風中舞蹈，在陽光下閃著耀眼的光芒，感到好快樂、好驕傲！

小樹苗可傷心了，他多麼希望自己也能結出好多花苞。

日子一天一天的過去，玫瑰花樹上的花苞美麗的綻放開來；她們的芬芳，隨著風兒飄到了很遠很遠的地方。

小松鼠趕來了，小兔子趕來了，大象趕來了，蜜蜂趕來了……他們都趕來欣賞美麗的玫瑰花，卻懶得理睬這棵小樹苗，讓小樹苗感到孤獨又傷心。

「小樹苗，你哭什麼呀？」藍天上的白雲姊姊問。

「我也想開花……」小樹苗輕聲說。

白雲姊姊說：「你本來就不是花樹，怎麼能開出花朵呢？」

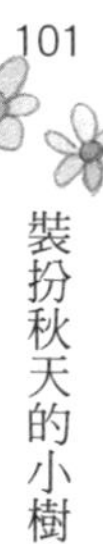

「哦！」小樹苗說，「既然我不能開花，那我能做什麼呢？」

「你現在還小，只管吸收陽光雨露，讓自己成長；機會來的時候，就能展現最美好的一面嘍！」白雲姊姊邊說邊變換成各種形態。

在轟隆隆的午後雷聲中，夏天到了。一隻小山雀飛到小樹枝頭，好奇的問：「咦！你怎麼不結果子呢？我一路飛來，看見那些小樹上都結滿了果子呢！」

「是呀！別的樹都能結出果子，我怎麼不能呢？」小樹以為自己真是沒用，他悄悄的流淚。

「小樹……漂亮的小樹，你怎麼哭了？」路過的大象伯伯問。

小樹說：「我也想結出果子來。」

「哈哈！」大象伯伯笑了，「你本來就不是結果子的樹呀！」

「既然我不能結果子，那我能做什麼呢？」小樹說。

「你現在還小，只管吸收陽光雨露，讓自己成長；機會來的時候，你就能大展長才！」大象伯伯邊說邊用鼻子把一隻小山羊舉起來。

日子一天一天的過去，當小松鼠忙著把一個個松果拾回樹洞、風兒把一張張綠葉染成褐黃時，好像在說秋天到了。

有一天，小山羊和長頸鹿來到小樹面前。「瞧！多麼漂亮的楓葉啊！」小山羊說。

「是啊！我摘下一張最漂亮的楓葉送給你吧！」長頸鹿說。

「這棵樹上的每一張楓葉都很漂亮呢！」小山羊繞著小樹轉了一圈。

「嗯！」長頸鹿說，「這真是一棵漂亮的樹。」

這會兒，小樹也覺得自己很漂亮——那火紅的葉子，把秋天裝扮得非常美麗，感覺真好！

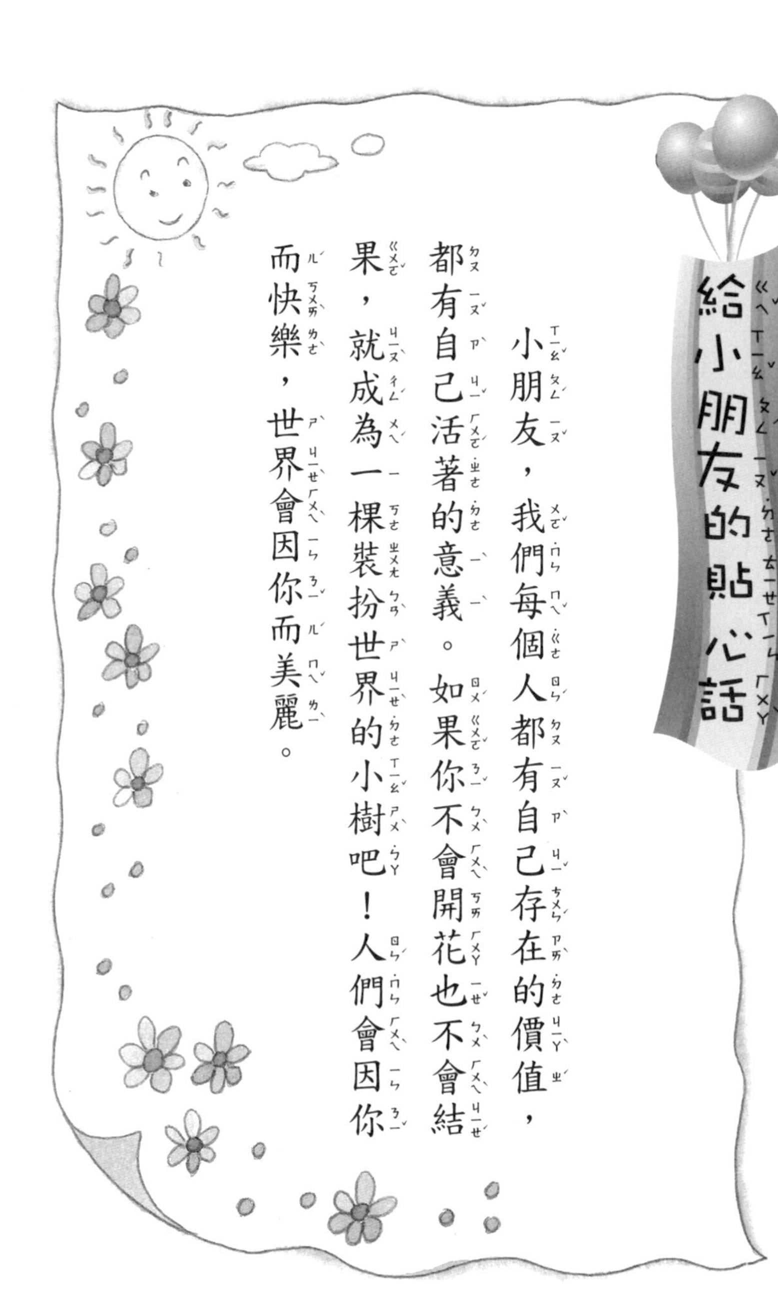

給小朋友的貼心話

小朋友，我們每個人都有自己存在的價值，都有自己活著的意義。如果你不會開花也不會結果，就成為一棵裝扮世界的小樹吧！人們會因你而快樂，世界會因你而美麗。

讓自己更加美麗

暖暖的陽光照耀大地，泥土也散發著淡淡芬芳，腳步輕盈的風兒輕拂著花園中的每一片葉子，親吻著花園裡的每一個花苞。

枝頭那朵淡紫色的杜鵑花，迎著陽光，綻放著甜甜的笑臉：「世界真美好！」這朵杜鵑花美麗得連花蕊也閃耀著亮光。

玉蘭花樹上的白玉蘭也在風中睜開了眼：「好美麗的世界呵！我要努力綻放喜悅的芬芳。」她那淡黃色的花蕊在風中輕輕舞蹈，沉浸在幸福之中。

「唉！我為什麼就不漂亮呢？」一朵紅玫瑰望著身邊這些美麗的花兒，自卑的低下了頭，在風中自怨自艾。

其實，這朵紅玫瑰也非常美麗；只不過她的花瓣不知道被誰弄缺了一角，所以她一直很自卑，總覺得自己有缺陷，因此整天愁眉苦臉。

一隻路過的小鳥，看出紅玫瑰的不開心，就飛到她的身旁對她說：「玫瑰妹妹，抬起頭來笑一笑吧！」

玫瑰花搖搖頭，因為她覺得自己不夠漂亮，和那些漂亮的花兒相比太沒面子了；她不但沒有抬起頭來，反而把頭垂得更低。

鳥兒也不知道該怎麼安慰玫瑰花，正要飛走時卻聽到句句響亮的歌聲：「我們快樂的向前走，歌聲響徹雲霄；太陽高高在青空中，春風也微微笑……」原來是瘸了一條腿的小螞蟻一步一步的走過來，並快樂的唱著歌。

聽了小螞蟻的歌唱，花兒們都更加開懷；迎著陽光，綻放得更加美麗。小螞蟻親吻著玫瑰的花瓣：「玫瑰姊姊，抬起頭來看看這美麗的世界吧！」

問。

「親愛的小螞蟻，你的腿瘸了，為什麼還能這麼快樂？」玫瑰花

問。

「當初不小心瘸了一條腿，那時候我也很不快樂。有一天，一個同伴提醒我，身體的殘缺只會帶來行動不方便，心理的殘缺卻會造成一蹶不振。」小螞蟻繼續說，「我靜靜的想了又想，對呀！如果我的身體和心理都殘缺了，那我不是完全殘廢了嗎？」

「你後來怎麼做呢？」玫瑰繼續追問。

「就是快樂呀！」小螞蟻笑著回答，「被這條瘸了的腿綁住其他的五條好腿，值得嗎？」

聽了小螞蟻的話，玫瑰輕輕的抬起頭來，漸漸的露出笑容；陽光

灑在她身上，更加豔麗了！

「玫瑰妹妹啊，妳的鮮豔、妳的亮麗，成了整個花園的焦點呢！」杜鵑花和玉蘭花同聲稱讚。

「瞧瞧現在的玫瑰姊姊多美呀！」小螞蟻也讚美道，「只要自信的抬起頭來看世界，就可以讓自己更加美麗，也可以讓世界更加美麗！」

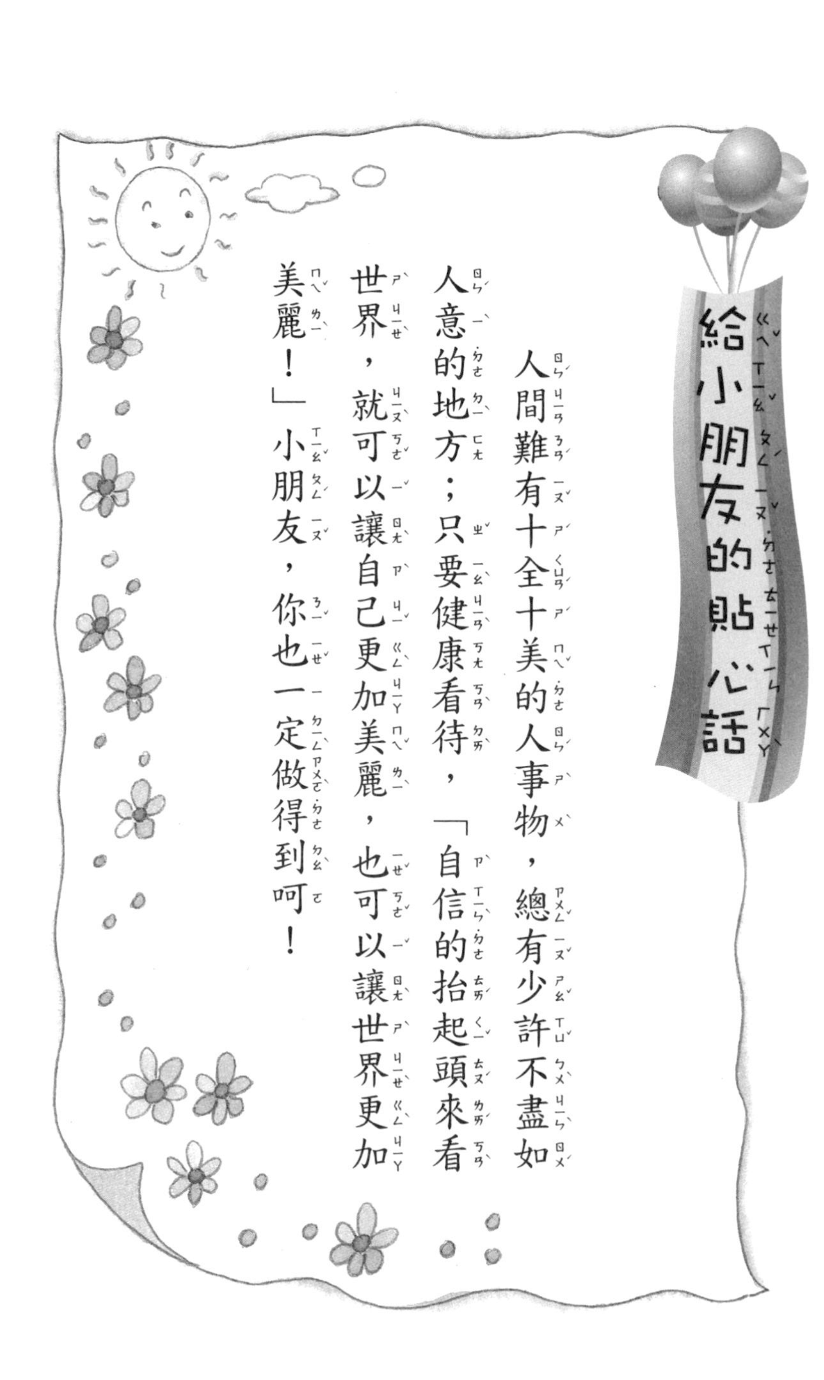

給小朋友的貼心話

人間難有十全十美的人事物，總有少許不盡如人意的地方；只要健康看待，「自信的抬起頭來看世界，就可以讓自己更加美麗，也可以讓世界更加美麗！」小朋友，你也一定做得到呵！

山雞和小鴨

春天又回到大地，在這片森林裡停住了腳步。小溪跟著春天的腳步，也充滿活力的流動起來；樹木聽到春的消息，新芽便竄出了頭……

山崖下那顆向日葵的種子也發了芽，探出了嫩嫩的小腦袋；他睜開眼睛，欣喜的打量著這個神奇而美麗的世界。

一隻小山雞咯咯叫的走來了，熱情的和向日葵打招呼：「嗨！向日葵，我是小山雞，我們做朋友吧！」

「好啊、好啊！」向日葵好高興自己也有朋友了！

過了一會兒，一隻小鴨子從向日葵身旁經過，向日葵高興的喊道：「山雞姊姊，來陪我玩吧！」

「山雞在哪裡？」小鴨子東張西望。

「就是妳呀！」向日葵指指小鴨子。

「我不是小山雞啦！」小鴨子歪著腦袋望著向日葵，「你看，我的嘴巴這麼扁，小山雞的嘴巴那麼尖。」

這時候，小山雞朝這邊走來了。向日葵看了看小山雞，又看了看小鴨子，恍然大悟的說：「喔！我看出來了！山雞姊姊的腳和鴨子姊姊的腳也不一樣呢！」

「對啊！小山雞的腳是爪子，我的是蹼。」小鴨子說完，就嘎嘎叫的走了。

「哈哈！山雞姊姊，妳和鴨子姊姊的叫聲也不一樣呢！」向日葵說，「妳的叫聲是『咯咯咯』，鴨子姊姊的叫聲是『嘎嘎嘎』。」

小山雞扇動著翅膀，對向日葵的說法表示贊同：「對

啊！這下子，你應該分得清楚我們兩個了吧！」

夜幕降臨，小山雞跟向日葵說再見，回家去了。

向日葵努力的回憶著小山雞和小鴨子的樣子；突然，他大笑著對自己說：「她們還有一個不同點耶！山雞姊姊的尾巴長長的，鴨子姊姊的尾巴短短的。」

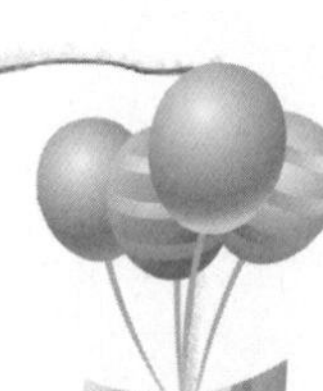

給小朋友的貼心話

故事中的向日葵通過觀察和比較，找出了小山雞和小鴨子的不同點。小朋友，我們在觀察事物特徵的時候，也要運用這種對比觀察法，一步步瞭解事物之間相同及不同的地方呵！

小橋那邊的風景

小兔子吉米長大了，他終於可以離開媽媽，自由自在的在林中玩耍。春天的陽光格外明媚；雪白的吉米，在陽光照耀下，像一個在草地上滾動的小雪球，閃現在花叢中。

吉米常常來到森林通往草原的那座小木橋橋頭，望著草原自言自語：「不知道橋那邊是什麼樣的世界？」

儘管吉米很想探索對面的新世界，卻一直不敢踏上小木橋；因為，小木橋下是一條潺潺小溪，吉米又不會游泳，他害怕一不小心會從橋上掉下去。

有一天，吉米又來到橋頭，他鼓足勇氣將一隻腳站到橋頭上，又自言自語的說：「如果我走過這座小橋，會怎麼樣呢？」

一隻小螞蟻聽到吉米說的話，他大聲說：「吉米你要小心呵！前幾天，一隻小鹿從橋上經過時不小心掉進水裡，好可怕啊！」

聽了小螞蟻的話，吉米趕緊把腳縮回來，抖著身子說：「還好我沒有過去，要不然掉到水裡……我一定會被淹死。」他越想越害怕，身子也抖得越厲害。

過了兩天，吉米又來到橋頭，遠望對面的世界；正好一隻小鳥從橋那邊飛過來。「小鳥姊姊，橋的那一邊是什麼樣子啊？」吉米好奇的問。

「那邊的世界很美麗呵！跟這邊有著完全不同的感覺，我無法用語言說清楚；你可以自己走過去，親自體會一下啊！」小鳥說。

吉米聽了好心動，不過他還是恐懼：「可是……我擔心會從橋上掉下去……」

「你怕什麼呀？」小鳥說，「我看過小老鼠、大耳狗、小花貓……好多、好多動物都在這座橋上來來去去啊！」

小鳥飛走了，留下吉米在橋頭，呆呆的望著橋那邊的世界好一陣子。他看到一隻小花貓從橋的那一頭悠哉悠哉的走過來，吉米對自己說：「我也來學小花貓，不要害怕，勇敢踏上橋。」

吉米發抖著踏上橋頭，然後告訴自己：「慢慢的再往前走一步，再往前走一步……」

吉米就這樣一步又一步的往前走，慢慢的走到橋中央了；他低頭往橋下一看，溪水緩緩的在橋下流著。「喔唷！千萬別掉下去了！」吉米看得頭暈，再也不敢往前走了。

小花貓正要和吉米擦身

而過，看到吉米低著頭，呆呆的站著，就說：「別看橋下，儘管往前走。」

吉米心想：「都已經走到一半了，退回去也一樣危險；不如繼續往前走吧！」於是，他抬起頭、鼓起勇氣向前走。當他走到另一邊的橋頭時，馬上跳到地面上，高興的大喊：「耶！我走過來嘍！」

「好漂亮的兔子啊！就像一個小雪球。」從樹林後面鑽出來一隻小猴子，熱情的對吉米說，「歡迎你來我們這裡作客！」

自己能走過一直害怕的小木橋，吉米覺得好開心；當他看到眼前開滿鮮花的山坡、結實纍纍的果樹、還有熱情好客的新朋友時，他更高興了！

給小朋友的貼心話

小朋友，當你像吉米那樣遇到困難時會怎麼做呢？當我們面對困難時，可以先把大的困難分解為一個一個的小困難，這樣就比較簡單了；然後再鼓起勇氣、努力克服。你也可以試試看呵！

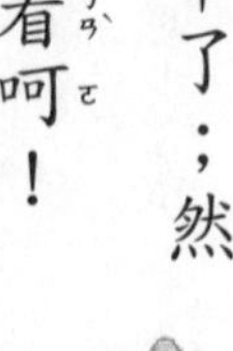

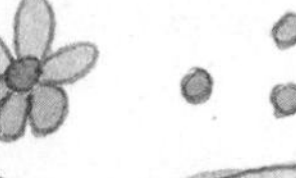

天才音樂家

「春天在哪裡呀，春天在哪裡……」春天快到了，青蛙大叔在開心河邊的草地上邊彈邊唱。聽到歌聲的小老鼠跑過來對他說：「青蛙大叔！您能教我彈吉他嗎？我想參加『天才音樂家晚會』呢！」

「好啊！」青蛙大叔爽快的答應了。才學了幾天，能彈出幾段旋律，小老鼠就以為彈吉他太容易了。有一天，青蛙大叔正在教他彈和弦，小老鼠說：「青蛙大叔，我想去和小兔子他們玩一會兒。」青蛙大叔說：「不行啊，你還沒學會呢！」但是，小老鼠不聽青蛙大叔的話，還是跑到草地上玩遊戲去了。

第二天，小老鼠正在學吉他時，又聽到了呼喚：「小老鼠！好久不見了，過來一起玩吧！」原來是水中的魚兒在叫他。小老鼠不聽青蛙大叔的勸告，丟下吉他來到水邊，跟魚兒們聊天去了。

過了六個月，開心小鎮舉行一年一度的「天才音樂家晚會」。小鎮所有居民都來欣賞表演；開場由小喜鵲表演口琴，山羊接著表演二胡，蟋蟀表演小提琴……

「大家好！今天，我要為大家表演吉他。」小老鼠在大家熱烈的掌聲中上臺了。可是，聲音零零落落、不成曲調。

「小老鼠會不會彈吉他啊！」「天才音樂家怎麼彈成這個樣

子？」「唉！彈得這麼差，趕緊下臺吧！」……觀眾們議論紛紛，噓聲四起。

面對觀眾的質疑，小老鼠臉紅耳赤、手忙腳亂，已經快要彈不下去了。就在這個時候，豬豬老師上臺了；他和著小老鼠彈出的奇怪旋律，一扭一扭的跳起了自編舞，惹得觀眾們哈哈大笑。跳完了，豬豬老師對觀眾們說：「我和小老鼠是來表演喜劇逗大家開心的，所以彈奏的旋律並不是正常的演奏版，大家聽起來想必很不習慣，就當是搏君一笑吧！」

小老鼠心裡明白，豬豬老師是為了幫他解圍，才上臺扮小丑的。這次在舞臺上爆出的糗事，讓小老鼠很受傷；他堅定的告訴自己：

「不要再被愛玩、不專心的學習態度害了，要一心一意的跟著青蛙大叔學彈吉他。」

從這一天開始，小老鼠彈奏吉他的樂音沒有一天間斷過。有一天，小白兔路過，聽到吉他的樂音，靜靜的聽了一會兒之後說：「小老鼠，你彈得真好啊！休息

一下，我們去採蘑菇吧！」

小老鼠說：「不去不去，我還要繼續練習彈吉他呢！」之後，每一天練習時，陸陸續續有蜻蜓、金龜子、山雞……等很多很多朋友，都對小老鼠說：「你彈得真好啊！休息一下，我們去玩吧！」小老鼠總是說：「不去不去，我還要繼續練習彈吉他呢！」

一年以後，小老鼠重新站上舞臺，以優美的姿勢，彈奏出流暢的樂音，並將情感表達得恰到好處，因而技驚全場，獲得了「天才音樂家」的稱號。

給小朋友的貼心話

小朋友，從古至今，凡是有成就的人，都是非常勤奮的人。發明家愛迪生說過：「天才是百分之一的靈感加上百分之九十九的汗水。」他也告訴我們，勤奮是成長必不可少的條件。所以，讓我們做一隻勤勞的小蜜蜂吧，努力為自己的生命釀出甜蜜。

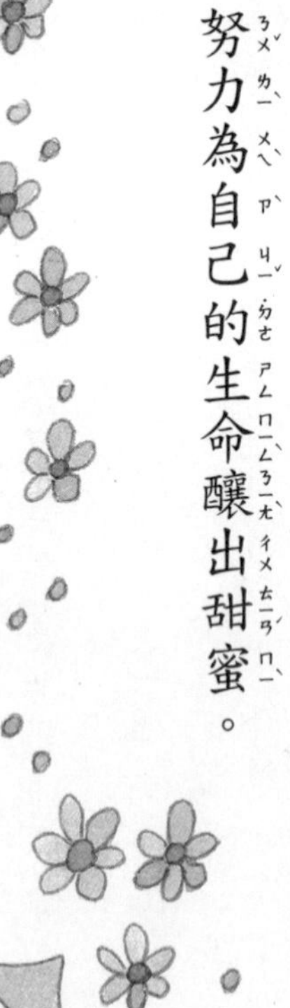

池塘邊上的小黃花

清晨，當輕風拂過小池塘，池塘邊上的那朵小黃花開了。這朵美麗的小黃花，擁著輕風起舞，迎著陽光微笑。

「小黃花，妳好！」一隻在池塘邊上捕魚的水鳥熱情的和小黃花打招呼，「妳一個人站在這裡，不感到寂寞嗎？」

小黃花開心的說：「怎麼會呢？很多朋友都會來跟我聊聊天呀！」

水鳥才剛離開，一隻小蜜蜂就嗡嗡的唱著歌向著小黃花飛來了；

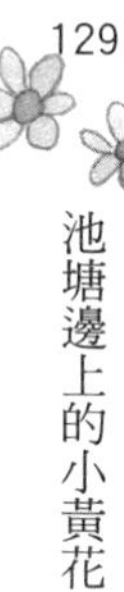

他停在小黃花的白色花蕊上，和小黃花說著悄悄話。「呵呵……」小黃花開心的笑出聲。

小蜜蜂飛走後，一隻小鴨子撲通一聲跳進了池塘，幾滴水珠濺到了小黃花的花蕊中，小黃花笑著說：「真涼爽！小鴨子，謝謝你讓我洗了個清涼的澡。」

小黃花的生活過得平靜而幸福。

有一天，一隻小青蛙從池塘裡探出了腦袋，他看到了小黃花，不禁自言自語的說：「多麼漂亮的小黃花呀！要是把她做成新娘花，我的新娘一定會感到很幸福！」可是，這等於是要小黃花奉獻出美好的生命，實在開不了口啊！小青蛙只得在池塘裡游啊、游啊，不知道該怎麼辦才好？

「小青蛙，你有什麼心事，可以告訴我嗎？」小黃花看出了青蛙的不安。

小青蛙吞吞吐吐的說：「我……我想……把妳……做成……新娘……」話還沒說完，小青蛙已經把腦袋縮進了水裡；不但想掩藏他的自私，也害怕看到小黃花生氣的樣子。

當他在水中聽到「小青蛙呀、小青蛙呀……」的呼叫聲時，小青蛙以為要挨罵了，頭也不敢回的加速逃離時，卻聽到小黃花說：「小青蛙呀！謝謝你這麼欣賞我。只要能讓青蛙新娘更美麗，我願意成為青蛙新娘的新娘花，這是我天大的榮幸呢！」

「真的嗎？真是太謝謝妳了！」聽到小黃花的話，小青蛙好開心！他從水裡鑽出來，正要去摘小黃花時，卻突然把手縮了回去。

「快摘、快摘呀！」小黃花不斷催促。

「請原諒我的自私！」小青蛙說，「我不可以將妳摘回家，妳應該在枝頭上繼續綻放，讓更多人欣賞妳的美。」

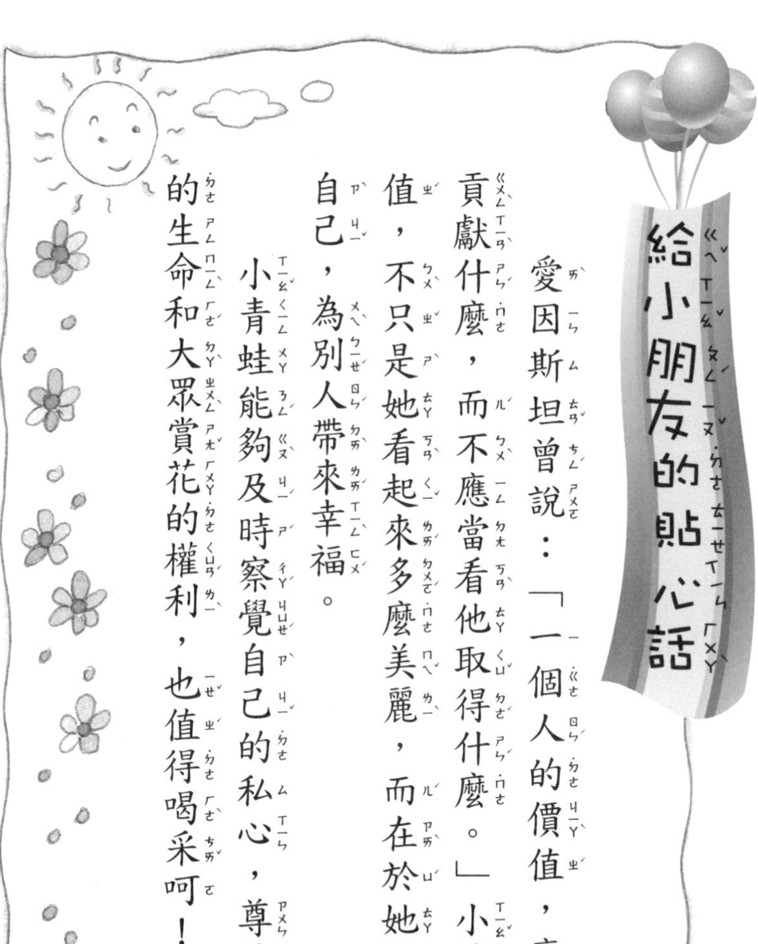

給小朋友的貼心話

愛因斯坦曾說：「一個人的價值，應該看他貢獻什麼，而不應當看他取得什麼。」小黃花的價值，不只是她看起來多麼美麗，而在於她願意奉獻自己，為別人帶來幸福。

小青蛙能夠及時察覺自己的私心，尊重小黃花的生命和大眾賞花的權利，也值得喝采呵！

折斷翅膀的天使

在一場突如其來的暴風雨中，到凡間巡視的天使不小心折斷了翅膀，降落到人間，不知何時才能回到美麗的天堂。折斷翅膀的天使，看起來美麗而憂傷；她時常在花叢中漫步，嗅著花兒的芳香，感嘆著自己的不幸。

調皮的風兒呼呼吹過，片片玫瑰花瓣從枝頭飄落。天使從地上拾起一片玫瑰花瓣，憂傷的凝視著。玫瑰花瓣輕聲問：「天使姊姊，妳怎麼這麼不開心呀？」

「唉！我已經沒有能力回到天堂了呀！」天使反問花瓣說，「妳已經從枝頭凋零，不再美麗，難道妳不傷感嗎？」

「呵呵！不管是在枝頭，還是在泥土裡，我還是玫瑰花，何必傷感。」玫瑰花瓣平靜的說，「因為我的生命還在，芬芳還在。」

聽完玫瑰花瓣的回答，天使陷入了沉思。「姊姊，妳也來撿拾玫瑰花瓣嗎？」突然，一個甜甜的聲音喚醒了沉思的天使。

一位坐著輪椅的女孩，用她那雙會說話的眼睛，靜靜的望著天使；女孩兒的臉上，洋溢著自信與微笑。「喔唷！妳真美麗！」天使不禁讚歎。

女孩兒轉動著輪椅靠近天使，十分開心的說：「謝謝姊姊的誇獎，妳才美呢！我叫菲兒，妳要跟我一起撿花瓣嗎？」話剛說完，坐在輪椅上的菲兒就彎下腰，吃力的撿拾著那些凋落在地上的玫瑰花瓣。

「菲兒，妳撿拾這些花瓣做什麼呢？」天使不解的問。

菲兒邊撿邊說：「我要用這些玫瑰花瓣製成花茶，讓玫瑰花瓣的馨香飄進每一個人的心房。」直到飄零的玫瑰花瓣都撿拾乾淨，菲兒就邀請天使姊姊到家裡坐坐。她指著不遠處的一幢房子，「姊姊，妳看！那就是我的家。」

天使遠遠的看到了那面寫著「玫瑰花茶」的招牌旗，在風中飄揚，彷彿在向來來往往的客人打招呼。當他們走近時，招牌旗下已經坐了幾位汗流浹背的人。

「菲兒！妳可回來了，我好久沒有喝到你的花茶嘍！」一個把頭髮高高挽起的女人說。

「菲兒，辛苦妳了！喝了妳的花茶，叔叔、伯伯們做起工作來也比較有精神哩！」一個正用毛巾擦著汗水的男子說。

天使進入屋內，只見兩

間收拾得很乾淨的小木屋裡，擺置幾樣簡單的家具；家裡最引人注意的，就是那個泡滿花茶的茶壺。菲兒提起茶壺，很熟練的倒好熱騰騰的花茶，給所有的客人們品嘗。

「這裡前不挨村、後不著店的，多虧有菲兒啊！」「這花茶清香又解渴，真是世界上最好的茶！」「菲兒真是這山裡的天使啊！」……客人的讚美聲不斷。

「嗯，即使不能走路，菲兒卻比我更像天使呢！」天使輕聲說，「我要面對折斷翅膀的新生活，在人間安居，走進人們的心裡，讓世界的每一個角落都變得更加美麗！」

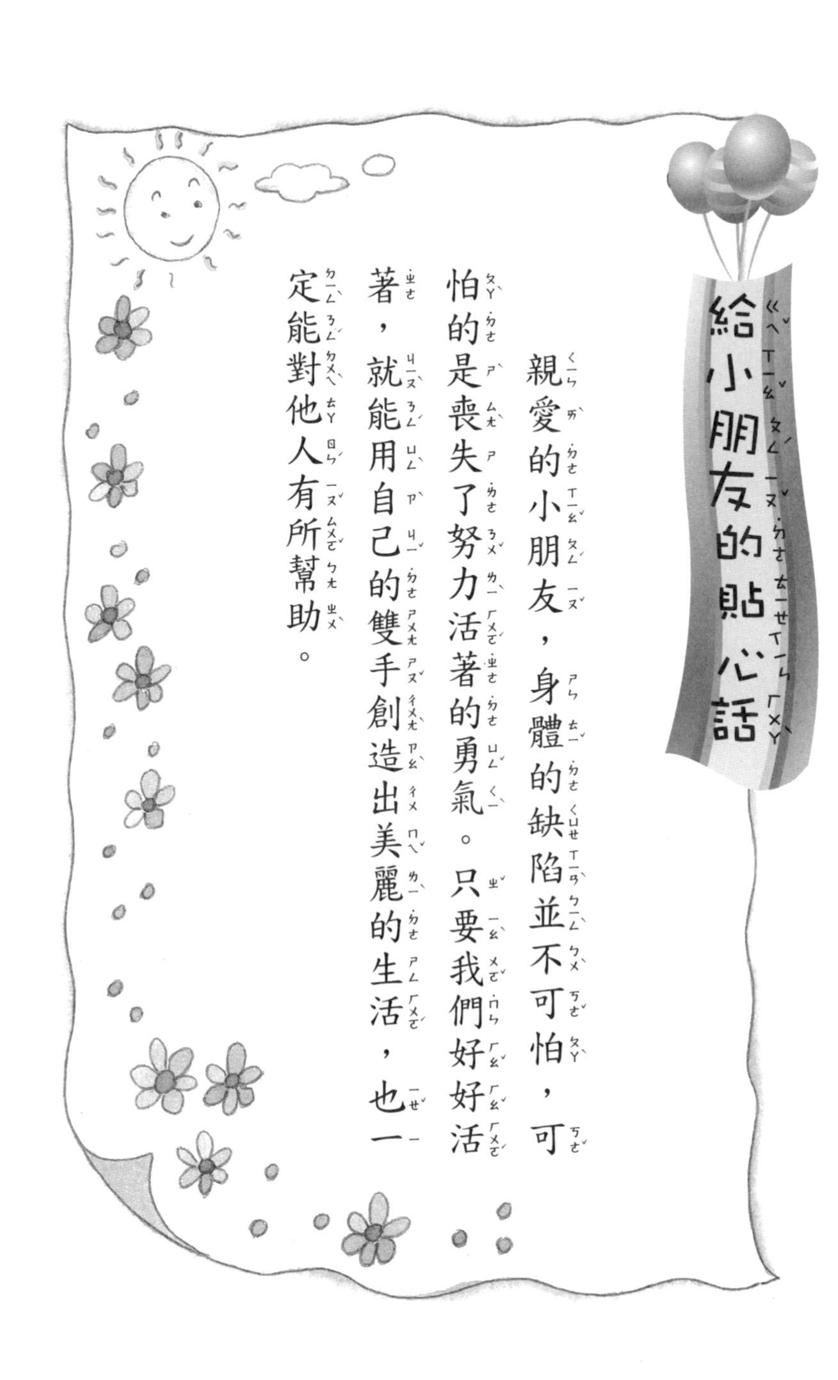

給小朋友的貼心話

親愛的小朋友，身體的缺陷並不可怕，可怕的是喪失了努力活著的勇氣。只要我們好好活著，就能用自己的雙手創造出美麗的生活，也一定能對他人有所幫助。

玫瑰花樹

在一棵很大的玫瑰花樹旁邊，住著小獼猴吉吉和梅花鹿丁丁。吉吉和丁丁是好朋友。有時候，吉吉會做一個美麗的花環，戴在丁丁那長脖子上；有時候，丁丁會摘回好多可口的果子送給吉吉。

春天來了，吉吉和丁丁家門口的那片玫瑰花樹開滿了紅豔豔的玫瑰花，春風一吹，濃郁的芳香撲鼻而來。「吉吉！別睡懶覺了，快來看，多美的玫瑰花呀！」丁丁在玫瑰花樹旁喊著。

吉吉從樹上溜下來，把鼻子湊到花樹前嗅了嗅，笑著說：「呵呵！我們生活在這樣美的玫瑰花樹下，是多麼幸福的事情啊！」

有一天，吉吉去了一趟城裡，發現竟然有人在收購玫瑰花瓣。

「哈哈！沒想到，我也要發財了！」吉吉高興得又唱又跳著回到家。他看丁丁不在，自個兒就去摘了一大袋玫瑰花瓣；並借來一輛三輪車，把玫瑰花瓣運到了城裡，賣給收購的商人。

吉吉從商人手裡拿到了一大把花花綠綠的森林幣。突然有了這麼多錢，吉吉一時也不知道該怎麼用；不過，他很清楚這不是他一個人的錢，而是要跟丁丁分享。

身上有了錢，吉吉想在城裡逛逛再回家。城裡有很多好吃的東西，也有很多好玩的地方；吉吉又吃又玩，根本控制不了花錢的衝動，竟然把所有森林幣都花完了才回家。

「吉吉，那些漂亮的玫瑰花呢？」吉吉剛到家，已經在家等待的丁丁就馬上問他。

「哦……那些花瓣兒……」吉吉吞吞吐吐的說，「賣掉了啦！」

丁丁聽到玫瑰花瓣被賣掉了，他很不捨也很生氣：「玫瑰花樹又不是你一個人的，你憑什麼把花瓣賣掉？而且還把賣花瓣所得的森林幣通通花光光！」

吉吉被質問得惱羞成怒，眼睛滴溜溜的轉了幾下，竟強詞奪理：「我聽說這片玫瑰花樹是我爺爺的爺爺種下的，當然是我的嘍！」

丁丁對玫瑰花樹的由來並不清楚，就跑去問森林中最老的大象爺爺。大象爺爺對丁丁說：「哦！那片玫瑰花樹是很久很久以前，吉吉的爺爺的爺爺和你奶奶的奶奶一起種下的呀！」

聽了大象爺爺說分明之後，丁丁氣沖沖的對吉吉說：「這片花樹也是我家的，以後不准你再擅自摘這上面的花瓣了！」

吉吉和丁丁就這麼吵吵鬧鬧的過了一年。當春天再度來臨，玫瑰花樹上又長滿花苞的時候，吉吉和丁丁都寸步不離的守在花樹下。吉吉的手裡提著大麻袋，說：「花樹是我爺爺的爺爺種下的，花瓣應該由我來賣！」丁丁的脖子上也掛著大麻袋，說：「花樹是我奶奶的奶奶種下的，花瓣應該由我來賣！」

這樣互不相讓的情景天天上演，大象爺爺實在看不過去了，便對他們說：「想想以前你們倆相互照顧的畫面，多溫馨、多感人啊！可惜，還是不敵……」

「大象爺爺，您說不敵什麼？」吉吉和丁丁同時發問。

「你們多年來點點滴滴所建立的友誼城堡，卻輕易的被幾個森林幣摧毀了。值得嗎？」大象爺爺語重心長的說。

聽了大象爺爺的話，吉吉和丁丁都羞愧的低下頭，放下了麻袋。

「我原本是要跟你分享的！」吉吉說出了心裡話，「哪知道花錢就好像吸毒，很快就上癮了，控制不住呀！對不起……都是我不好……」

「我倆是好朋友，說什麼對不起！」丁丁說，「這棵花樹，還是我們大家的。」

「嗯！我們是真正的好朋友，不是利益的結合；我們是真正的好朋友，不再被錢所迷惑……」玫瑰花樹下，吉吉和丁丁同聲歡唱，又開心的一起玩遊戲了。

給小朋友的貼心話

小鹿丁丁和小猴吉吉因為爭搶玫瑰花瓣而吵架。小朋友，你和你的兄弟姊妹或同學們吵過架嗎？為什麼吵架呢？你們和好了嗎？想想看：怎樣比較快樂呢？怎麼做才能跟朋友和好？

泉水為什麼那樣甜？

初夏的陽光已不再像春天的陽光那樣溫柔，就像一根根繡花針般輕輕的刺在身上，一隻小燕子趕緊躲進岩洞下的窩裡。

燕子媽媽覺得奇怪：「小燕啊，怎麼躲在窩裡不出去呢？你的飛翔本領還不夠好，這樣好的天氣正是練習飛翔的好日子啊！」

小燕子懶洋洋的說：「媽咪，我也想練就一身飛翔的本領啊！可是，外面陽光好強，晒得我渾身不舒服；等陽光減弱了，我再出去吧！」

燕子媽獨自飛了出去，暢快的在天空翱翔。飛了好一陣子後，風兒輕輕吹來，雲兒朵朵飄過；漸漸的就把太陽公公藏了起來。

「真舒服！」燕子媽在微風中愉快的飛啊飛，她心想，「這麼舒適的天氣，最適合小燕子練習飛翔了。」於是，她飛回去對小燕子說：「你的飛翔本領還不夠好，現在正是飛翔的好天氣，快跟媽一起去飛吧！」

小燕子只好隨著媽媽飛向藍天。當一陣一陣的涼風吹來，小燕子說：「媽咪！風太大了，我怕摔著；我們回去吧！」

她們回到巢裡，燕子媽撫摸著小燕子烏黑漂亮的羽毛說：「小燕啊，我們在天空飛翔是不能怕風吹日晒的；練習時雖然辛苦，但是學得本領以後，就能自在飛翔，遨遊萬里了。」

「不要，我可不想冒險。」小燕子還是不想練習。

「小燕，媽咪帶你去嘗嘗不同東西的味道。」燕子媽想到一個主意。她帶著小燕子飛到一片苦瓜園，地上的茂盛葉子裡，藏著一個個胖胖的苦瓜，有青色的、有黃色的。

燕子媽啄著一個青青的苦瓜，叼一小塊兒給小燕子說：「嘗嘗它的味道吧！」

「唉唷！真苦。」小燕子皺著眉頭說，「我要快去找水喝。」

燕子媽又帶著小燕子來到苦瓜園旁的一口泉水井，「喝點泉水漱漱口吧！」

小燕子喝了幾口泉水，綻開了甜甜的微笑：「這水真甜呀！我從來沒有喝過這樣甜的泉水！」

燕子媽微笑著對小燕子說：「泉水本身是沒有味道的！你知道為什麼喝起來會特別甜嗎？」小燕子搖搖頭說：「不知道！」

「有一句話叫『先苦後甜』；因為你先吃了苦瓜，所以喝水也覺得很甜！」燕子媽說，「當我們

在學習新的或不懂的事物時，就像吃苦瓜一樣，滋味很不好受啊！可是，如果願意把這個苦吞下去，你再吃什麼東西都感覺是甜的啦！」

「是呵！」聽了媽媽的話，小燕子若有所悟的說，「那我只要認真練習飛翔，吃過這個苦之後，就會有足夠的能力遨遊藍天，飛回南方過冬嘍！」

從第二天開始，小燕子每天迎著夏日的陽光，高高興興的練習飛翔。奇怪的是，他好像不會覺得累；倒是燕子媽媽總會在飛翔一陣子之後，就要小燕子歇一歇、喝口水。漸漸的，小燕子的飛翔能力越來越強，越飛越遠了。

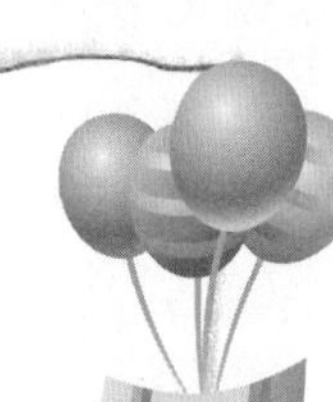

給小朋友的貼心話

親愛的小朋友，小燕子高高興興的練習飛翔之後，就不會覺得累了；你也有這樣的經驗嗎？在學習過程中，你有哪些「先苦後甜」的經驗呢？能試著寫出三樣以上嗎？

種下幸福的味道

清晨，露珠兒還在草尖上盪鞦韆的時候，小豬扛起鋤頭、帶著走在林蔭小道上。

「小豬哥哥，你要上哪兒去啊？」小鳥問小豬。小豬說：「我要去尋找世界上最美好的東西種進土裡，再長出最最美好的東西。」

「那是什麼樣的東西呢？」小鳥問小豬。小豬想了想，對小鳥說：「我也還不知道這種最美好的東西是什麼。」

小豬扛著鋤頭，繼續往前走。看見乾淨的露珠們一個跟斗，從草尖上翻進草叢裡，讓草兒們暢飲著清涼與滋潤。

「啊！好清新的露珠，讓人感覺好幸福！」小豬開心的說。

「挖一個坑，把清新露珠帶給大地的幸福，種進泥土裡吧！」小豬一邊說，一邊開始挖起了坑。

「小豬啊！你準備種什麼東西呢？」一棵小草問小豬。小豬說：「我打算把露珠的幸福種進泥土裡。」

「好啊！將來會長出乾淨的大地與花草呢！真幸福！」小草快樂的說。

小豬將露珠的幸福種進泥土裡，便扛起鋤頭，繼續往前走。

陽光照耀著大地，暖烘烘的。在一片綠油油的草地上，狗媽媽和

小狗們依偎在一起，讀著一本故事書。

「媽媽，好美的故事，好美的圖畫。」小狗說。

「是啊！我們的生活就像故事一樣幸福。」狗媽媽的臉上洋溢著幸福的微笑。

「啊！好幸福的一家人。」小豬一邊說，一邊開始挖坑。

小狗朝小豬這邊走來，覺得很奇怪：「小豬哥哥，您準備把什麼東西種進坑裡呢？」

「我要把你們的幸福種進泥土裡。」小豬說。

「可是，幸福在哪裡呢？我沒看到啊？媽媽，您看到了嗎？」小狗問。

狗媽媽對小狗說：「寶貝，幸福，是一種感受、一種要用心去品嘗的味道。」

「我要讓這裡長出家人間溫馨的幸福。」小豬埋好了土坑，扛起鋤頭，繼續往前走。

「啊！我聞到花香了。」小豬走進一片花海，一朵朵梅花在枝頭幸福的綻放。

「嗨！小豬哥哥，歡迎您光

臨我的花園。」一隻正在為梅樹鋤草的小山羊，熱情的打招呼。

「這樣大的一片花園，這樣多的雜草，你不累嗎？」小豬問小山羊。

小山羊說：「不累、不累！看著花兒們迎著陽光綻放，我幸福得很呢！」

小豬趕緊挖了一個坑，把小山羊的幸福味道種進了泥土裡，他說：「我要讓這裡長出美麗的幸福。」

小豬扛起鋤頭，繼續趕路。他還要把許多的幸福味道種進泥土裡，再長出許多的幸福味道。

給小朋友的貼心話

小朋友，你覺得「幸福」是什麼呢？擁有乾淨的水及大地是不是一種幸福？有家人陪伴在身邊是不是一種幸福？如果你也想種下及品嘗幸福的味道，就請你好好愛護所生活的大地與環境、關心你的朋友與家人，在你的生命裡種下許多幸福吧！

細菌要住在哪裡？

放學後，淘氣的小貓咪開心的在家旁邊的公園玩著泥巴；他用泥巴捏了好多泥巴貓、泥巴狗、泥巴兔子……

「咪咪，該回家洗澡嘍！」媽媽大聲喊著。

「不洗！不洗！」咪咪不管媽媽，一溜煙的跑掉了。

玩夠了，小貓咪滿頭大汗的回到家，簡直就成了一隻泥巴貓。媽媽叫咪咪洗澡，他卻躲進被窩裡不出來。等媽媽準備好洗澡水和衣服，掀開被子一看：小貓咪已經睡著了……

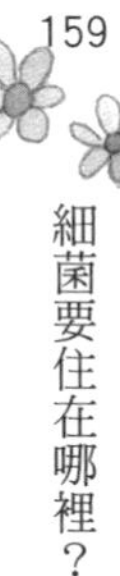

咪咪覺得眼前迷迷糊糊的，忽然看見一個戴著大眼鏡的小怪物，拿著一個放大鏡，在自己身上跳來跳去。這個怪物一會兒看看咪咪的耳朵，一會兒看看咪咪的鼻孔，一會兒又看看咪咪的胳肢窩……

「細菌博士，我們要住在哪裡比較好？」一個戴著小紅帽的怪物跑來問。

啊！原來，那個戴著大眼鏡的小怪物竟然是細菌博士！「我看，這耳朵裡的髒東西比較適合你們的家族居住。」細菌博士對小紅帽說。

小紅帽拍手叫好：「好啊！我馬上帶著我的家族成員住進小貓咪的耳朵；不久之後，我們就能從他的耳朵進到他的身體裡。」

「細菌博士，我們要住在哪裡比較好？」又一個穿著藍衣服的怪物跑來問。

「我看，這鼻孔裡的髒東西比較適合你們的家族居住。」細菌博士對藍衣怪物說。

藍衣怪物哈哈大笑：「太好了！我馬上率領我的家族成員住進小貓咪的鼻孔裡。不久之後，我們就能從他的鼻孔進到他的身體裡。」

過了一會兒，一群穿著綠衣服的怪物拚命的往咪咪的胳肢窩鑽。其中一個領頭的怪物說：「這裡不錯，又溫暖、又有我們愛吃的髒東西，就在這裡住下來吧！」

又過了一會兒，一群穿著黑衣服的怪物也想要闖入小貓咪的胳肢窩，卻遭到綠色怪物們高聲嚇阻：「這是我們的地盤！誰也別想跟我們爭搶！」

「哼！笑話，」黑衣怪不以為然的咆哮，「我們早在三天前就看中這裡啦！」

雙方互相叫囂了一陣子，綠衣怪眼看黑衣怪不肯退去，一個個拿起武器，「看來不給你們一點顏色瞧

瞧……」話還沒說完，綠衣怪已經展開攻擊了。

黑衣怪也不甘示弱，拿出奇形怪狀的武器迎戰。雙方人馬在小貓咪的身上大打出手……

「啊唷！別刺到我的眼睛……啊唷！別刺破我的肚子……不要！」咪咪不斷哭喊，嚇得從夢中驚醒。

「咪咪，你做惡夢了嗎？」媽媽摸著小貓咪的臉問。

「沒什麼……」咪咪紅著臉說，「媽媽，我要馬上去洗澡了！」

給小朋友的貼心話

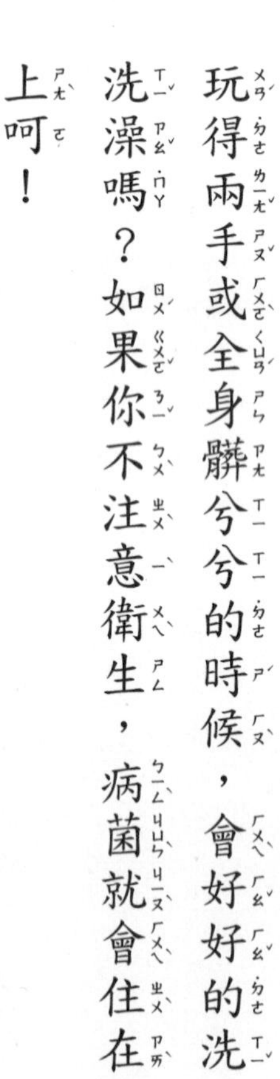

小朋友，你有沒有注意自己的衛生呢？當你玩得兩手或全身髒兮兮的時候，會好好的洗手或洗澡嗎？如果你不注意衛生，病菌就會住在你身上呵！

天使之樂

在一棵老槐樹的樹洞裡，住著一隻會拉小提琴的小老鼠灰灰。每當夜空泛起點點星光的時候，灰灰就會倚著老槐樹拉起小提琴；那悠揚的小夜曲，為寧靜的夜增添了幾分美麗。

「灰灰，你拉的曲子這麼動聽，真像是來自天堂的旋律啊！」老槐樹爺爺說。

灰灰天真的問：「槐樹爺爺，天堂美麗嗎？」

「當然美麗！」老槐樹爺爺說，「天堂裡的天使個個都純潔、善良。」

「我也要做純潔、善良的天使！我要做一個小提琴天使！」灰灰眨著眼睛說，「可是，我要怎樣才能成為真正的小提琴天使呢？」

「聽說，」老槐樹爺爺慢慢說道，「如果能學會那首名叫《天使之樂》的小夜曲，就能成為最純潔、最美麗的小提琴天使。」

「在哪裡能夠學到《天使之樂》呢？」灰灰急切的問。

老槐樹爺爺說：「孩子，這可得靠你自己去尋找了。」

為了學會《天使之樂》，灰灰背著小提琴上路了。灰灰來到一棵桂花樹下，看見一位老奶奶在拉小提琴，樂曲好輕快，卻又那麼柔美動聽。「老奶奶，您拉的是什麼曲子呀？」灰灰問。

「這叫《快樂小夜曲》，它能給世界帶來快樂。」老奶奶說。

「不是《天使之樂》呀……」灰灰小聲嘀咕著，「這《快樂小夜曲》那麼好聽，我到底要不要學呢？」

老奶奶微笑著不說話，只是繼續演奏著柔美的曲子。

「這首小夜曲實在太美了！老奶奶，請您教我吧！讓我也為世界帶來快樂！」灰灰的誠心感動了老奶奶，願意教他學習《快樂小夜曲》。

灰灰原本的小提琴演奏功力，再加上認真學習，很快就學會了《快樂小夜曲》。他演奏起來如行雲流水，既輕快又動聽……只見，小松鼠從樹洞裡出來了，小螞蟻從窩裡出來了，小青蛙從池塘上了岸，大象馱著小猴子來了……隨著夜曲旋律的變化，動物們踏著歡樂的腳步，跳起了舞蹈……帶給大家不曾有過的快樂。

灰灰告別了老奶奶，又踏上了追尋《天使之樂》的旅途。

「唉！」灰灰來到一處山泉邊，正準備喝口水，忽然聽到一聲憂傷的嘆息。他看看四周，發現聲音是從山泉邊那棵銀杏樹旁

的一座小木屋發出的。他走近小木屋，又聽到一聲「唉！」只見屋裡有一位小姑娘在嘆息。

灰灰輕聲的問：「姊姊，妳為什麼嘆氣呢？」

小姑娘說：「我的父母相繼去世，哥哥也到外地去了，我自己孤零零的，覺得好無助……」

「妳喜歡音樂嗎？」灰灰問。

「唉！喜歡又有什麼用？」小姑娘又嘆氣說，「沒有人可以教我，也沒有人會為我演奏啊！」

「我可以用音樂撫慰她心靈的憂傷。」灰灰自言自語，「不過，這又要耽擱我去學習《天使之樂》了。我到底該怎麼做才好？」

「你能為我演奏或教我演奏音樂嗎？」小姑娘期待的眼神射進灰灰心裡。

灰灰下定決心：「好吧！還是先讓姊姊重拾笑容吧！」灰灰開始演奏《快樂小夜曲》。小姑娘從沒有聽過這麼好聽的樂曲，她感到很滿足，又很期待灰灰能再為她演奏。

灰灰沒讓小姑娘失望，一天又一天，天天為她演奏；小姑娘臉上的微笑也一絲又一絲的增多了。

某天晚上，當小姑娘隨著旋律起舞時，灰灰的背上竟然出現了一雙發光的翅膀！灰灰和他的小提琴，就隨著輕快的旋律，緩緩向天堂飛去。

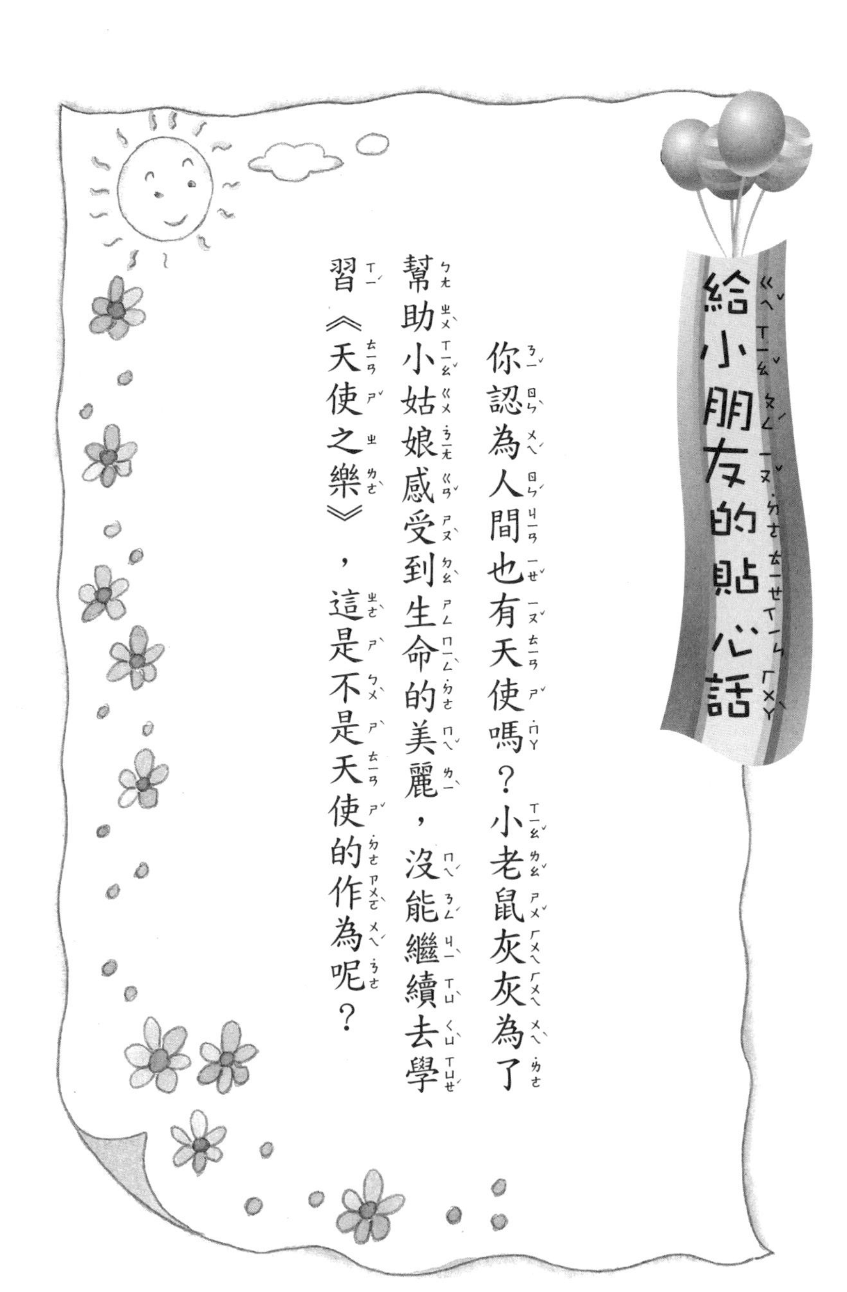

給小朋友的貼心話

你認為人間也有天使嗎？小老鼠灰灰為了幫助小姑娘感受到生命的美麗，沒能繼續去學習《天使之樂》，這是不是天使的作為呢？

照張相片帶回家

春天到，百花開，小豬嚕嚕和小貓喵喵結伴到公園玩。

春天的公園好漂亮啊！各種花兒像是在比美似的，開得好燦爛；蜜蜂、蝴蝶也趕來湊熱鬧，給公園更增添了幾分活潑。

火紅的玫瑰花在花叢裡特別顯眼。「好漂亮的玫瑰啊！」嚕嚕被玫瑰花吸引了，「我想摘幾朵回去，插在我們家的窗臺上，只要一進門就可以欣賞玫瑰花的美。」

「你要把玫瑰花摘回家？」喵喵很驚訝，「這麼漂亮的玫瑰花，應該讓它們快樂的綻放，供大家欣賞才對啊！」

「你少囉嗦！走、走、走，別再跟著我。」嚕嚕根本不聽喵喵的話，逕自朝玫瑰花叢走去，正要摘花時，一隻在花叢中採蜜的蜜蜂好言勸說：「豬大哥，請手下留情，不要摘花！」

「哼！」嚕嚕不屑的說，「我偏要摘！」他伸手就要去摘玫瑰花。蜜蜂眼看勸阻無效，情急之下，狠狠的朝嚕嚕打了一針。

「啊唷！痛死我了。」嚕嚕大聲喊痛，趕緊把手縮回來，拔腿就逃。不過，他只跑了幾步就停下來，鬼鬼祟祟的四處望一望，自言自語：「嘿嘿！這兒沒有可惡的蜜蜂了。」

嚕嚕選了一朵開得最大、最豔的玫瑰花，躡手躡腳走過去，悄悄

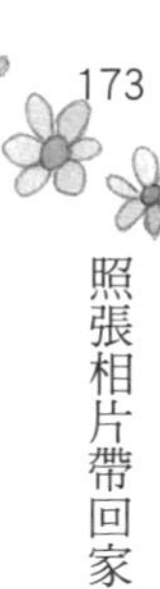

的把手伸向玫瑰花……

「哎喲！」嚕嚕趕緊把手縮回來，「這又是什麼東西呀？」

剛剛被趕走的喵喵，回去拿了照相機，正好回到花園；聽到嚕嚕的慘叫聲，喵喵跑過來問道：「發生什麼事了？」

「玫瑰花樹上有東西刺了我一下。」嚕嚕被刺得莫名其妙。

「你一定是想摘玫瑰花，

被樹上的刺給刺傷了。」喵喵說，「你真是自討苦吃！這樣漂亮的玫瑰花，應該要讓大家都能欣賞，為什麼非要摘下來帶回家呢？」

「因為玫瑰花太美了，我想隨時欣賞呀！」嚕嚕說。

「我有個好辦法，」喵喵從口袋裡掏出照相機，「你站在玫瑰花叢前，我幫你照相，就可以把美麗的玫瑰花帶回家欣賞嘍！」

「這個主意真不錯！」嚕嚕也按讚。

喀嚓！喀嚓！喵喵給嚕嚕拍了好幾張相片。嚕嚕把照片貼在窗臺和床頭上，高興的說：「呵呵！我每天都能看到美麗又不會凋謝的玫瑰花了。」

給小朋友的貼心話

親愛的小朋友，你去公園時，會不會想將美麗的花帶回家？公園裡的花是很美麗，而且是讓大家欣賞的，不應該自私的摘下它們呵！愛護公物，才是有公德心的好孩子。

美麗的小熊冰冰

「冰冰！快來盪鞦韆呀，真好玩！」猴子哥在一棵大榕樹下邊盪鞦韆邊喊。

小熊冰冰聽到猴子哥的聲音，急忙躲在榕樹後面，小聲說：「我才不去呢！你們會嫌我醜的。」

「冰冰，我們一起到百靈鳥那裡學唱歌吧！」小燕子飛過冰冰熊的頭頂，尖著嗓子喊著。

冰冰聽到小燕子的聲音，趕緊往家裡跑。他邊跑邊說：「我才不

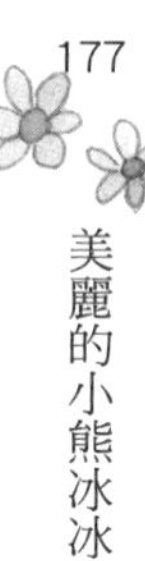

去呢！我這麼醜，還學唱什麼歌呀！」

小熊冰冰一直覺得自己醜，不是沒有原因的——

有一天，冰冰和喜歡拍照也喜歡自拍的小山雀一塊兒到大象攝影師那兒去照相。大象先生從各種不同的角度，不厭其煩的為小山雀拍攝出一張張漂亮的照片。看著那些照片，小山雀自豪的說：「呵呵！我真是帥呆了。」

輪到冰冰要被拍照時，大象先生瞧一瞧冰冰，開玩笑的說：「呵！瞧你這圓滾滾的樣子，還喜歡照相呢！也好，我給你照幾張，貼出去打廣告，說不定有馬戲團來選小丑演員的時候，會看中你呢！哈哈！」

聽了大象先生的話，冰冰紅著臉離開了照相館。從此以後，冰冰就老是覺得自己長得很醜，不願意再跟朋友們一起玩了。

看到這一幕的小山雀覺得很過意不去，便經常去冰冰家找他玩。有一天，小山雀去找冰冰時，他正要幫鄰居的雞大嬸搬木柴。「雞大嬸，讓我來幫你背木柴吧！」冰冰接過雞大嬸背上的木柴說。

「冰冰真是個好孩子。」雞大嬸高興的誇獎他。

小山雀馬上拿起隨身的迷你相機，拍下了冰冰幫雞大嬸背木柴的畫面。

某一天，小山雀又去找冰冰，正好看見冰冰拿著一桶髒衣服。他說：「媽媽去工作很累，我就學著幫媽媽洗衣服吧！」冰冰拿出家裡的髒衣服，放進大盆子裡，拿出一件，抹上肥皂洗了起來。冰冰使勁的搓著髒衣服，因為肥皂抹得太多，弄得自己滿臉、滿身都是肥皂泡——小山雀又用照相機拍下了這有趣的一幕。幾天以後，小山雀將冰冰的照片貼在一顆大樹上，讓小朋友們都看得到。

「瞧！這照片中幫雞大嬸的冰冰，多美麗呀！」小松鼠說。

「冰冰還學會洗衣服了呢！滿臉的肥皂泡，多可愛呀！」猴子哥說。

「咦，小熊真可愛呀！」大象先生好像看到一顆耀眼的新星，「我怎麼從來沒發現？都怪我亂說話，還曾經對他開了不好的玩笑……」

躲在大樹後面的冰冰聽到了大夥兒對他的稱讚，他露出開心又自信的微笑，對自己說：「原來，我不醜！」

給小朋友的貼心話

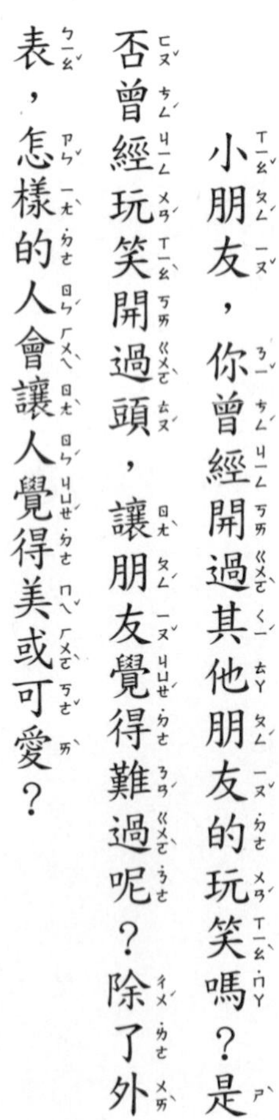

小朋友，你曾經開過其他朋友的玩笑嗎？是否曾經玩笑開過頭，讓朋友覺得難過呢？除了外表，怎樣的人會讓人覺得美或可愛？

貪玩的小可

秋風吹來，楓葉輕飄，狗狗小可好開心，和飄飛的楓葉捉迷藏；玩得正高興的時候，媽媽呼喚他了：「小可，回來吧！」

小可回到家裡，狗媽媽一邊收拾竹簍、一邊對他說：「小可，媽媽要出去準備一些過冬的食物。」

「我也和您一起去吧！山坡上可好玩了。」小可興奮的說。

媽媽說：「你也應該學習做一些事情了，今天就去幫鄰居羊婆婆把小麥磨成麵粉吧！」

狗媽媽背著竹簍走了，小可也關上家門，要去找羊婆婆。走到羊婆婆家門外，小可就聽到「呼呼呼！呼呼呼……」那是羊婆婆用力磨著麵粉的聲音。小可從門縫裡偷看，只見羊婆婆吃力的拉著石磨，一圈又一圈的轉動，還不停的用毛巾擦著汗。

「原來磨麵這樣辛苦啊？我才不要做這麼費力的事情呢！」小可對自己說，然後跑到林子裡玩起來——他一會兒揮舞寶劍，一會兒和樹上的黃鸝鳥比賽唱歌，一會兒和小猴子比賽盪鞦韆……

「小可，你怎麼還不回家呀？天都快黑了！」一隻小兔子一邊趕路、一邊提醒小可該回去了。

小可光顧著玩，都沒想到時間過得這麼快呢！小可剛回到家，媽媽也回來了。媽媽問：「小可，你幫羊婆婆磨麵了嗎？」

「沒有……我肚子疼……」小可裝出一副可憐的樣子說。

「這樣啊！好些了嗎？讓媽媽看看。」媽媽說著，就要去摸小可的肚子。小可連忙退後幾步說：「現在已經不疼了。」

話剛說完，和小可比賽唱歌的黃鸝鳥飛來了，嘴裡銜著一顆鈕扣交給小可之後說：「這是你和我比賽唱歌的時候掉的鈕扣。」黃鸝鳥說完就飛走了。

「小可，你不是肚子疼嗎？怎麼還去和黃鸝鳥比賽唱歌呢？」媽媽問。

「我……我……」小可拚命想找藉口，「對了！我想用歌聲把那

個讓我肚子疼的東西嚇跑。」

小可說完，吐了吐舌頭，以為媽媽會相信。沒想到，和小可比賽盪鞦韆的小猴子也來了，他拿著小可的寶劍說：「這是你和我盪鞦韆時掉的，我幫你送回來嘍！」小猴子把寶劍交給小可後就走了。

「小可，你不是肚子疼嗎？怎麼還能玩劍和盪鞦韆？」媽媽問。

「我……我……」小可急忙

說，「我用寶劍把那個讓我肚子疼的東西砍了，肚子就不疼了！然後……然後我就開始盪鞦韆……」小可說完，又吐了吐舌頭，以為媽媽會相信。

這時候，媽媽把小可摟進懷裡說：「寶貝，你很調皮，也很可愛；可是，一個人如果愛說謊騙人，遲早都會被發現，人家就會認為你不值得信任；就算你再可愛，也不會有人相信你說的話。」

「我知道錯了！」小可後悔自己不該不管羊婆婆、還騙了媽媽。小可把嘴巴貼近媽媽的耳邊說：「媽媽，我以後不再貪玩，也不再騙人了。明天，我一定去幫羊婆婆磨麵。」

媽媽笑了，小可也笑了。

給小朋友的貼心話

小朋友，你也像小可一樣撒過謊嗎？如果你撒過謊，沒關係，小可也向媽媽承認了錯誤呢！只要有錯能改，不要再犯，就是個好孩子。

努力跑步的達達

暖暖的春風，輕拂著林間的小樹。全身雪白的小馬達達對媽媽說：「媽媽，我要出去玩耍嘍！」

「好啊！天氣這麼好，你就出去盡情的跑一跑。」達達媽媽說。

達達跑了出來，在林中盡情玩耍；他聞著花香，聽著鳥兒唱歌，然後倚著一棵大樹，晒著太陽。這時，另一匹馬悄悄走了過來。

「嗨！達達，你好啊！」原來，小紅馬飛飛也跑出來玩。

「你好啊，飛飛。」達達說，「春天的陽光可真是暖和呢！」

達達和飛飛晒了一會兒太陽，飛飛提議說：「嘿！我們來比賽跑步吧！」這真是一個好主意！奔跑時，他們可以呼吸林中的新鮮空氣，可以欣賞林中的美麗風景，還可以試試自己的實力。

當發令員小猴兒拉動開跑的鈴鐺，響起一聲「噹」，兩匹馬就像箭射出去一般，林間的小鳥都在為他們加油：

「達達，加油！」「飛飛，加油！」

達達漸漸落後了，他不停的告訴自己：「加油！一定要趕上飛飛！」可是，飛飛跑得太快了，真的就像是用飛的一樣；達達不但沒有追上他，還被他甩得越來越遠。

飛飛在森林裡最大的樹下等著；達達趕到的時候，他有些得意的說：「達達啊，依你這樣的速度，你永遠也跑不過我呵！」說完就飛快的離開了。

傷心的達達，拖著疲憊的身子回家。媽媽關心的問：「達達，你怎麼了？」

達達低聲說：「我跑不過飛飛……」

媽媽溫柔的對達達說：「孩子，如果你願意天天練習跑步的話，你也可以跑得和飛飛一樣快，甚至超過他呵！」

聽了媽媽的話，達達第二天就開始練習。「得兒、得兒……」清晨，當小松鼠還在樹洞裡睡懶覺的時候，達達就在練習跑步了。「媽媽，您看！我才剛起床呢，達達就跑得滿頭大汗了。」從巢裡探出小腦袋的小黃鶯對媽媽說。

達達跑累了，就在一條小溪旁停下來喘氣，喝了幾口水。樹上的小猴兒說：「達達，休息一下，我們去看激烈的鬥牛賽吧！」

達達說：「對不起，我還要練習跑步。」達達風雨無阻，堅持天天練習長跑，不論是大雨淋、烈日晒、強風吹、冬雪降……

又一個鳥語伴著花香的春天來

了，達達還在堅持跑步。媽媽說：「孩子，你灑下了勤勞的汗水，一定跑得比以前的你更快了！」

在快馬家族飆速賽時，達達「一馬當先」的衝出了起跑線，飛飛也「快馬加鞭」的飛奔向前；他們將其他的馬匹遠遠拋在後頭。

「加油、加油、加油！」……啦啦隊不斷的為他們加油。有時達達在前，有時飛飛在前，一時之間，實在難以判斷誰能獲勝。快到終點時，達達奮力衝衝衝，比飛飛超前一步衝過終點線，獲得了飆速賽的冠軍！

達達上臺領取冠軍獎杯時說：「雖然冠軍杯只有一個；但是，只要不放棄，不斷的超越自己每一次的落後，就是冠軍。」

給小朋友的貼心話

當你失敗的時候，你氣餒過嗎？想要放棄過嗎？即使難過，我們還是要振作起來，再接再厲的繼續努力，才能獲得成功、實現理想呵！

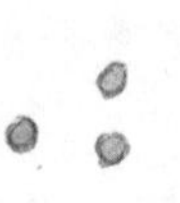

國家圖書館出版品預行編目資料

種下幸福的味道 / 曾維惠作；仙筆繪. -- 初版. --
臺北市：慈濟傳播人文志業基金會, 2013.05
面； 公分
ISBN 978-986-6644-82-5(平裝)
859.6 102004711

故事HOME 22

種下幸福的味道

創辦者	釋證嚴
發行者	王端正
作者	曾維惠
插畫作者	仙筆
出版者	慈濟傳播人文志業基金會
	11259臺北市北投區立德路2號
客服專線	02-28989898
傳真專線	02-28989993
郵政劃撥	19924552　經典雜誌
責任編輯	賴志銘、高琦懿
美術設計	尚璟設計整合行銷有限公司
印製者	禹利電子分色有限公司
經銷商	聯合發行股份有限公司
	新北市新店區寶橋路235巷6弄6號2樓
電話	02-29178022
傳真	02-29156275
出版日	2013年5月初版1刷
建議售價	200元